연대기

한유주 소설집

연대기

초판 1쇄 2019년 8월 6일
초판 4쇄 2023년 10월 25일

지은이 한유주
펴낸이 이광호
주간 이근혜
편집 이민희 조은혜 박선우 김필균
펴낸곳 ㈜**문학과지성사**
등록번호 제1993-000098호
주소 04034 서울 마포구 잔다리로7길 18(서교동 377-20)
전화 02) 338-7224
팩스 02) 323-4180(편집) / 02) 338-7221(영업)
전자우편 moonji@moonji.com
홈페이지 www.moonji.com

이 도서의 국립중앙도서관 출판예정도서목록(CIP)은 서지정보유통지원시스템 홈페이지
(http://seoji.nl.go.kr)와 국가자료공동목록시스템(http://www.nl.go.kr/kolisnet)에서
이용하실 수 있습니다. (CIP제어번호: CIP2019029414)

한유주 소설집

연 대 기

문학과
지성사

차례

그해 여름 우리는

그해 여름, 우리는 자주 만났다. 2020년이 되려면 5년이 남아 있었다. 각자 다른 곳에서 1999년을 보냈던 우리는 2020년, 원더키디가 세상을 지배하는 그 순간을 같이 맞을 수 있을 거라고 생각하지 않았다. 2020년에 원더키디가 나타날 거라고도 생각하지 않았다. 2099년이나 2100년이 아니었던 까닭은 우리가 그때까지 살 수 있을지 확실하지 않아서였다. 2000년에 태어난 아이는 백 살 넘게 살 수 있을 거라고들 했지만 우리는 2000년에 이미 십대였다. 하지만 2020년까지는 그럭저럭 살 수 있을 것 같았다. 우리는 저마다 다른 이유로 행복하지 않았고, 그래서 죽고 싶었다. 저마다 다른 이유로 행복했더라도 죽고 싶었을 것이다. 우리의 나이는 저마다 달랐으나 모두 이십대였다. 우리 중에는 자살을 시도했던 사람이 아무도 없었지만 저마다 자살한 사람을 한 명씩 알고 있었다. 우리가 그해 여름 실제로 죽을 생각을 했던 것은 아니었다. 하지만 우리는 날마다, 하루에 한 번씩, 일종의 의식처럼 죽고 싶다고 말했다. 자살할까, 자살하자. 이 말은 청유도 권유도 질문도 대답도 아니었다. 버릇처럼 자살하자는 말을 반복하자 자살하자는 말은 어느덧 아무 의미도 지니지 않게 되었다. 우리 중에는 말이 씨가 된다는 표현을 곧이곧대로 믿는 사람이 아무도 없었다. 혹은 그런 듯했다. 우리라고 말하고 있지만, 나는 우리의 대표자도 대리인도 아니다. 그러므로 나를 제외한 나머지 우리의 생각을 전부 다 알지는 못한다. 설령 내가 우리의 대표자나 대리인이었다 하더라도 나머지 우리의 생각을 전부 다 알지는 못할 것이다. 그러나 그해 여름, 나는 내가 우리의 생각을 그럭저럭 파악하고 있다고 믿었다. 그리고 내가 모를 수밖에 없는 생각에 대해서는 굳이 알려고 하지 않았다. 그래도 우리가 무리 없이 어울릴 수 있었던 건 서로에 대한 미량의 믿음이 있었기 때문이었다. 우리는 서로 밑바닥을 드러내지 않을 거라고, 상대에게서 바닥을 보게 되지 않을 거라고 믿었다. 바닥이나 밑바닥이 정확히 무엇을 가리키는지 우리로서는 알지 못했다. 우리는 거의 매일같이 만나면서도 바닥이나 밑바닥이 드러날까 두려워 서로서로 피상적이지 않은 질문을 던지지 않았다. 실은 무엇이 피상적이지 않은 질문인지도 정확히 모르고 있었다. 우리는 대략 이전 해 겨울부터 같이 시간을 보내기 시작했지만, 해가 바뀌고 여름이 되어도 서로를 잘 모르고 있었다. 우리는 같은 공간을 나누어 썼다. 우리 중 한 사람은 책을 만들었다. 우리 중 한 사람은 회사원이었다. 우리 중 한 사람은 초를 만들었다. 그리고 나는 책을 읽고 글을 썼다. 책을 만드는 사람이 만드는 책과 내가 읽는 책의 종류가 겹치지는 않았다. 이는 그의 책상을 관찰하며 알게 되었다. 그도 내 책상을 관찰했을 것이다. 우리는 그렇게 안심했다. 우리의 책상에는 초를 만드는 사람이 만든 초가 하나씩 놓여 있었다. 향초였다. 저마다 향이 달랐지만 네 사람이 동시에 초를 켜는 경우가 드물었으므로 향이 어지러울 정도로 과하게 느껴진 적은 없었다. 초를 만드는 사람에게 각각의 향 이름을 묻자 그는 무어라 대답했지만 그 이름을 듣고도 무슨 향인지는 알 수 없었다. 레몬 맛 사탕에 첨가된 합성 레몬향 같은 것이냐고 묻자 그는 그럴지도 모르지만 아닐 수도 있다고 대답했다. 어쨌거나 레몬향은 아니었다. 레몬향 세제를 사용하다 진짜 레몬 냄새를 맡았을 때 나는 생경한 기분이었다. 나는 에어컨 바람에 가볍게 일렁이는 촛불을 볼 때마다 생경한 기분이었다. 내 책상은 에어컨 바로 아래 있었고 그래서 나는 가끔 추위를 느꼈다. 여름에 느끼는 추위는 대단히 사치스러운 기분이 들게 했다. 이것이 내가 누릴 수 있는 유일한 사치일까, 나는 가끔 생각했다. 다른 세 사람도 나처럼 사치스러운 기분을 느끼고 있을까, 나는 가끔 궁금했지만 묻지 않았다. 나는 질문하는 경우가 많지 않았는데, 답을 들어도 달라질 것이 없다는 생각에서였다. 이 생각을 입 밖으로 낸 적은 없지만 다른 사람들도 나처럼 생각하는 모양인지 다들 질문하는 경우가 많지 않았다. 그렇다고 해서 우리가 과묵했던 건 아니었다. 우리는 수다스러웠다. 우리는 네 개들이라고 생각해서 산 초콜릿의 포장을 벗겼더니 세 개뿐이었을 때 가장 수다스러웠다. 초콜릿을 사 온 사람은 책을 만드는 사람이었다. 네 개인 척해놓고 세 개만 넣지는 않아, 그가 말했다. 책은 그렇게 만들면 안 돼, 그가 말했다. 이는 그가 자존심을 지키는 방식 중 하나일 거라고 나는 생각했다. 그런데 가끔 그렇게 책을 만들어야 할 때가 있어, 그가 말했다. 그리고 우리는 세 개의 초콜릿을 네 사람분으로 정확히 나누는 일에 골몰했다. 세 개의 초콜릿을 각각 네 등분해서 각자 세 조각씩 먹으면 정확히 같은 양이었다. 이 계산은 회사원이 했다. 그해 여름에 우리는 그렇게 초콜릿을 많이도 먹었다. 우리는 아직 이십대였다. 우리 중 한 사람은 다음 해 삼십대가 될 예정이었다. 나이는 실패한 농담 같았다. 다음 해 삼십대가 될 사람은 이십대의 20퍼센트에 해당하는 2년을 군대에서 보냈다. 좆같았지, 그가 말했다. 그 말이 전부였다. 역시 이십대의 20퍼센트에 해당하는 2년을 군대에서 보낼 예정이었으나 예상하지 못한 사고로 1년 만에 제대했던 다른 사람이 좆같았다는 한마디면 충분하며 다르게 표현할 수 있는 방법은 없다는 듯 고개를 끄덕였다. 군대에 관한 우리의 대화는 여기서 끝났다. 우리의 대화는 늘 이런 식으로 시작되고 끝났다. 어떤 대화도 5분 이상 지속되지 않았다. 그럼에도 불구하고 대화들이 이어졌다. 대화는 실패한 농담 같았다. 어느 봄날 누군가가 농담을 던졌다. 나머지 세 사람 중 하나가 미처 농담이 끝나기도 전에 웃음을 터뜨렸다. 다른 두 사람은 웃지 않았다. 농담을 던진 사람이 왜 웃었느냐고 묻자 웃은 사람은 잠시 다른 생각을 했다고 대답했다. 나는 이 대화가 끝날 때까지도 농담을 한 사람이 농담을 했는지도 모르고 있었다. 봄에 우리는 아무도 벚꽃을 보러 가자는 말을 꺼내지 않았다. 그해 봄 벚꽃을 본 사람은 회사원이 유일했다. 회사가 여의도에 있었고 그래서 어쩔 수 없이 출퇴근길에 벚꽃을 볼 수밖에 없어서였다. 벚꽃을 보러 몰려든 인파에 지쳐 돌아온 회사원의 이마에 파리한 벚꽃잎이 하나 붙어 있었다. 누군가가 그에게 이마에 벚꽃잎이 붙어 있다고 지적하자 그는 손등으로 이마를 훔쳤고 그렇게 꽃잎이 모기처럼 짓이겨졌다. 하지만 우리는 벚꽃잎에 우리의 존재를 이입하지 않았다. 우리 중 누군가는 한순간이나마 그렇게 되고 싶었을지도 몰랐다. 어쩌면 이미 그렇게 되었다고 생각했는지도 몰랐다. 그래도 우리는 나름대로 사회에 기여하고 있었다. 그렇게 믿었다. 각자 세금을 내고 건강보험료를 내고 과태료를 내고 각종 요금을 내고 월세를 내고 있었지만 우리가 가장 크게 사회에 공헌했던 바는 일주일마다 한 번씩 복권을 샀던 것이었다. 우리 중 누가 처음으로 복권을 사자고 제안했는지는 기억나지 않는다. 다만 모두가 동의했던 건 기억이 난다. 우리는 매주 돌아가면서 5천 원어치 복권을 샀다. 그리고 당번이었던 사람이 토요일마다 번호를 맞춰보았다. 번번이 낙첨이었다. 우리에게는 저마다의 이유로 돈이 필요했다. 책을 만들고 회사에 다니고 초를 만들고 글을 써도 부족했기 때문에 우리에게는 더 많은 돈이 필요했다. 사실 우리에게는 더 많은 것보다 더 많은 돈이 필요했다. 복권을 사서 테이블에 올려두고 우리는 저마다 다음 주 월요일부터 시작하게 될 일들을 생각했다. 누군가는 섬에 가겠다고 했다. 누군가는 책상을 바꾸겠다고 했다. 누군가는 이를 해 넣겠다고 했다. 누군가는 밀린 건강보험료를 내겠다고 했다. 이런 이유로 우리에게는 아주 많은 돈이 필요했다. 같이 저녁을 먹고 농담도 대화도 아닌 이야기들을 잠시 주고받다 각자의 책상으로 가서 새벽까지 작업에 매진해도 우리에게는 더 많은 돈이 필요했다. 우리가 그만한 돈을 벌 수 있는 유일한 방법이 복권 당첨이었다. 복권을 사는 것은 복권을 사지 않는 것보다 당첨 확률을 확실하게 높여주었다. 백만분의 1은 0보다 큰 숫자였다. 그래서 우리는 겨울에서 여름으로 넘어가는 여섯 달 동안 한 주도 빠뜨리지 않고 복권을 샀다. 가끔 5천 원에 당첨되기도 했다. 두 번쯤 될 것이다. 우리는 그 5천 원도 복권에 투자했다. 그리고 낙첨을 확인하는 토요일 밤마다 맥주를 마셨다. 배가 고프면 전자레인지를 돌리거나 배달된 음식의 포장을 뜯으며 우리가 공동으로 생존하고 있다고 생각했다. 어느 날 누군가 카드 게임을 가져왔다. 수십 장의 카드를 섞고 나누어 가진 뒤 공격과 방어를 통해 점수를 올리는 게임이었다. 우리는 각자 작업에서 지루함을 느끼거나 아무것도 생각하고 싶지 않을 때나 배가 고프지 않을 때 암묵적인 동의하에 카드 게임을 했다. 소소하게 내기를 걸 때도 있었다. 가장 낮은 점수를 얻은 사람이 담배나 맥주를 사 왔다. 담배를 피우며 맥주를 마시면 세상에서 가장 쓸모없는 존재가 된 기분이 들었다. 나쁘지 않았다. 아니다.

나빴다. 창문이 있는 벽 아래쪽에 낮은 선반이 설치되어 있었다. 선반에는 책들이 꽂혀 있었다. 철학과를 졸업한 회사원이 가져다 둔 각종 철학 책들이 점차 밀려난 자리에 게임 상자들이 쌓였다. 모두 흡연자였던 우리조차 스스로 괴로울 정도로 담배 연기가 피어올랐다. 전에 이 작업실을 썼던, 우리는 모르는 사람들이 두고 간 공기청정기를 틀어도 소용이 없었다. 우리가 편의점에 가면 주인도 아르바이트생도 묻지 않고 담배를 꺼냈다. 여기는 지상 마지막 흡연실인지도 몰라, 누군가가 말했다. 자조적인 동시에 멋을 부리는 말투였지만 우리는 정말로 그럴지도 모른다고 생각했다. 담배를 피우는 것도 일종의 사회 공헌이지, 그가 말을 이었다. 우리는 그렇다고 생각했다. 그렇다면 맥주를 마시는 것도 일종의 사회 공헌이지, 다른 누군가가 말을 받았다. 정말로 그랬다. 우리는 간접세를 납부하면서 사회에 간접적으로 공헌하고 있었다. 이게 다일까, 우리는 묻지 않았다. 선반에 꽂혀 있던 책들은 벽돌로도 쓸 수 없었다. 작업실에는 전자레인지만 있었으므로 냄비 받침으로 활용하는 것으로 조롱하지도 못했다. 그래도 우리는 전반적으로, 대충, 보통 정도로, 어쩌면 평균 이상이라 할 수 있을 만큼, 유쾌했다. 담배를 피우다 부모에게 들켰던 경험을 각자 이야기하다 누군가가 담배 연기로 도넛을 만들 수 있느냐고 물었고, 우리는 한 사람씩 실행에 돌입했다. 그러다 누군가가 아주 커다란 도넛을 만들어 보이겠다며 숨을 참아가면서 담배를 몇 모금 빨았다. 그러고는 한 번에 연기를 내뿜으며 고개를 돌려 원을 그렸다. 우리는 웃음을 터뜨렸다. 순간적으로 연기의 원이 만들어졌을 수도 있겠으나 고개를 세차게 돌린 탓에 도넛은 곧 흩어지고 말았다. 도넛은 연기처럼 사라졌다. 연기가 연기처럼 사라졌다. 우리는 어색해질 때까지 웃어대다가 각자의 책상으로 돌아가 모니터 뒤로 얼굴을 숨겼다. 자살할까, 내일 자살할까. 자살할까, 어제 자살할까. 우리는 말도 안 되는 말을 했다. 말도 안 되는 말만 늘어놓으며, 아무 일도 일어나게 하고 싶지 않았다. 이대로 늙고 싶었다. 2015년이었다. 우리는 이대로 늙어 가만히 죽고 싶었다. 함께 모여 허무맹랑한 이야기만 늘어놓고 있으면 시간이 정지한 기분이었다. 그러다 시계를 본 누군가가 도낏자루 썩는 줄 모른다고 했다. 도끼는 없었으나 우리의 심장이, 폐가, 간이, 위가, 피부가, 머리가 썩고 있었다. 썩지 않고 늙기란 불가능했다. 왜 우리는 어디로도 가지 않을까, 우리는 묻지 않았다. 왜 우리는 가더라도 가지 않은 것일까, 라고도 묻지 않았다. 담배와 맥주와 게임과 복권이 빠진 시간에 우리는 각자의 책상에서 각자의 일에 몰두했다. 우리는 나름대로 열과 성을 다했으나 우리의 결과물은 냄비 받침과 크게 다르지 않았다. 우리는 그래서 안심했다. 우리는 이대로 늙으면 되었다. 이대로 늙지 못한다면 자살하면 되었다. 우리는 아무도 화를 내지 않았고 각자 번 돈에서 갹출해 꼬박꼬박 월세를 지불했다. 어쨌거나 우리 모두 2020년까지는 살아 있을 것 같았다. 원더키디 얘기는 농담이었다. 2015년 여름이 되었지만 사도도 출현하지 않았다. 우리가 어려서 읽거나 본 이야기책이나 만화영화에서 종말은 늘 임박해 있었다. 10년 뒤거나 20년 뒤였다. 우리는 아직 이십대였지만 10년이라는 시간이 아무것도 아니며 삼십대가 되면 20년이라는 시간이 아무것도 아니게 되리라는 걸 알고 있었다. 혹은 안다고 생각했다. 우리는 아무것도 조롱하지 않았다. 그럴 수가 없었다. 말장난과 게임이 우리가 할 수 있는 유희의 전부였다. 우리는 1층 자동차 정비소 사람들에게 깍듯했고 길에서 개를 만나면 친절한 눈빛을 던졌다. 편의점에 들어갈 때와 나올 때마다 인사말을 했고 세 든 건물 주인을 만나면 시선을 내리깔며 인사했다. 그러면서 음식물 쓰레기와 일반 쓰레기를 분리하지 않고 한 봉투에 넣어 버렸고 종이컵과 전기와 크리넥스 티슈를 낭비했다. 담배꽁초를 아무 데나 버리지는 않았지만 골목에서 담배를 피울 때가 간혹 있었고 우리의 폐는 재떨이나 마찬가지였다. 우리는 늙어가는 대신 썩어가고

있었다. 누군가가 시장에서 토마토와 살구를 사다 냉장고에
두었다. 한두 개 남아 있던 토마토에 곰팡이가 피었다. 우리는
그것이 썩은 토마토인지 썩지 않은 토마토인지 의견을 교환
했다. 손톱만큼이라도 썩었다면 썩은 것인가. 썩은 부분을 도
려내고 먹을 수 있다면 썩지 않은 것인가. 이미 썩어 도려내진
부분이 눈에 보이는데, 그것을 어떻게 모른 척할 수 있을까.
우리가 썩어가고 있다면 우리는 이미 썩은 것인가. 어째서 우
리는 토마토가 아닌가. 어째서 우리의 썩은 부분은 도려낼 수
없는가. 그래도 우리는 가래를 뱉지 않았다. 돌아가면서 화장
실을 청소했다. 알코올 솜으로 키보드나 마우스를 문질러 닦
았다. 그러면서 아무런 성취감도 느끼지 않았다. 날마다 바닥
에 먼지가 쌓였고 우리가 담배를 피우지 않았더라도 이미 폐
는 재떨이나 다름없었을 것이다. 밤마다 오토바이가 요란하
게 지나갔고 가끔은 앰뷸런스도 지나갔다. 작업실에서 마지
막으로 앰뷸런스 소리를 들었을 때 우리는 게임을 하고 있었
다. 지하의 모험이었다. 지하의 모험에는 여러 종류의 카드와
열쇠와 주사위 네 개와 통로를 만들 때 쓰는 타일들, 그리고
용이 있었다. 한 사람씩 돌아가면서 타일을 뽑아 퀘스트를 완
료한다. 타일로 길을 만든다. 길은 용이 잠든 방으로 향한다.
천신만고 끝에 용이 잠든 방에 도착하면 용의 상태를 확인한

다. 용이 잠들어 있다면 보물 카드를 얻는다. 용이 잠에서 깨어
난다면 그 자리에서 죽는다. 우리는 지하의 모험을 할 때 가장
설렜다. 시작하고 일주일이 지나도록 아무도 용이 잠든 방에
들어가지 못했다. 타일은 낭떠러지나 거미줄이나 쇠창살이나
무덤을 연달아 내놓거나 해골이나 악마나 흑마법사와 대결하
게 했다. 우리는 열심히 주사위를 굴렸고 열심히 카드를 뽑았
고 열심히 전투에 나섰다. 처음 위치한 곳에서 용이 잠든 방까
지 필요한 타일은 열다섯 개 정도였다. 그러나 우리는 열다섯
번째 타일을 뽑기도 전에 많이도 죽었다. 시작하자마자 죽을
때도 있었다. 누군가가 시작이 반이지, 라고 농담했고 우리는
웃음을 터뜨렸다. 어차피 용의 방에서 보물을 얻는다고 해도
온갖 위험이 도사린 타일 통로를 다시 돌아와야 했다. 신 포도
같은 거네, 누군가가 말했다. 오르지 못할 나무, 먹어보지 못할
포도였다. 우리는 저마다 용사의 카드를 쥐고 있었지만 용사
는 돌아오지 못했다. 그러다 문득, 누군가가 물었다. 우리는 언
제까지 이러고 있을까, 우리는 내일도 이러고 있겠지. 1년 뒤
에도 5년 뒤에도 이러고 있겠지. 그리고 주사위를 굴렸다. 방
어막 테스트에 실패한 그의 용사는 그 자리에서 사망했다. 손
에 전리품이 들려 있었지만 그것이 용사를 구하지는 못했다.
날마다 그런 식이었다. 우리는 저마다 오는 시간이 달랐다. 그

러나 새벽에는 대개 함께 있었다. 대강 일을 마치고 작업실 가운데 놓인 원형 테이블에 모여 앉은 새벽마다 우리는 지하로 모험을 떠났다. 모험을 떠난다는 표현이 낭만적으로 들리겠지만 실제 모습은 낭만과는 거리가 멀었다. 그렇다고 비참하거나 비루하지도 않았다. 1999년에 우리는 세기말의 불안을 느끼기에 어린 나이였다. 그러나 1999년 전에 1997년이 있었다. 1997년에 우리는 더 어린 나이였지만 이때의 불안은 세기초에 대한 낙관이 묻어나던 1999년의 묘한 불안과는 달리 피부로 느껴지는 종류였다. 나와 같은 아파트 같은 동에 살던 10여 가구 중 세 가구가 파산했고 두 가구의 행방이 묘연해졌다. 그때 나는 초등학생이었어, 누군가가 말했다. 그래서 어른들은 내가 아무것도 모른다고 생각했지. 하지만 나도 알 건 다알고 있었어. 물론 모르는 건 모르고 있었지. 하지만 그때까지 내가 알던 평온이나 아늑함, 건강이나 화목함, 인생이나 활기가 모두 사라지고 그 자리에 운명이라는 단어만 남았다는 생각이 들었지. 우리 집에는 별일이 없었어. 아버지는 회사에서 간신히 자리를 보전했고 그래서 나는 다른 집도 그렇겠거니 생각했어. 하지만 세 집이 파산하고 두 집이 사라지자 뭔가 이상하다는, 대단히 잘못되었다는 느낌이 들었어. 학교에서 어떤 아이는 말을 잃었고 또 어떤 아이는 등교하지 않았어. 그런

분위기에도 여전히 거들먹거리는 아이는 있었지만 내가 그때 사방에서 느꼈던 우울과 절망은 그 후로 다시는 본 적이 없어. 그걸 앞으로 다시 보게 될까. 어쩌면 1997년의 우울과 절망이 모르는 사이에 내면화되어 익숙해진 건 아닐까. 우리는 그때 이후로 쭉 같은 시간을 살고 있는 건 아닐까. 누군가가 지하에서 문을 열며 이야기했다. 나도 그때 초등학생이었어, 누군가가 말했다. 우리 모두 초등학생 아니었을까. 우리의 나이는 저마다 조금씩 달랐지만 다들 그때 초등학생이었다. 중학생이 아니어서 다행이었어. 모르는 척할 수 있었고 철없는 척할 수 있었지. 아버지는 닭을 튀겼고 어머니는 핏물을 뺐고 기름에 화상을 입었어. 나는 닭을 나르면서 손님들이 부주의하게 테이블에 올려둔 지갑을 훔치려고 시도했지만 한 번도 성공하지는 못했어. 그래서 아버지의 지갑에서 돈을 훔쳤어. 어머니보다는 아버지 쪽이 수월했으니까. 두세 번쯤 되었을 거야. 아버지의 지갑에서 두세 번 돈을 훔쳤더니 남아 있는 돈이 없다시피 했기 때문이지. 초등학생 아이가 두세 번 돈을 훔쳤더니 바닥나는 지갑, 그거였어. 그래도 우리 집은 닭이라도 튀길 수 있었어. 한국인들이 닭을 무척 사랑한다는 걸 그때 알게 되었어. 그래서 지금도 닭을 튀기니, 누군가가 물었다. 아니, 조류독감이 발생했고 그때 부모님은 완전히 손을 털었어. 나는 부모의 헛된 희망이었고 헛되게 자라났지. 미대에 가겠다고 했을 때 나는 머리카락을 뭉텅이로 잘렸고 뺨을 맞았고 그래서 분한 건 나였지만 나의 분함보다는 부모의 분노가 더욱 굉장했지. 나는 지방에서 성장했고 어서 서울로 대학을 갈 수 있기만을 바랐어. 대학을 갈 수 있다면 말이지만. 그러고 보니 우리는 모두 중학생이 되면서부터 숨을 죽였고 고등학생이 되면서부터는 아예 숨을 쉬지 않는 척하며 지냈다. 학교에서는 늘 도망쳤고 늘 도망에 실패했고 늘 얻어맞았다. 우리는 집에서도 학교에서도 얻어맞았고 학교에서는 선생과 친구 들에게 얻어맞았고 우리 중에는 길에서 개에게 물렸던 사람도 하나 있었다. 우리는 하나같이 허벅지를 맞았을 때 가장 아프다고 했고 발바닥은 의외로 아무렇지도 않았다고 했다. 누군가가 속눈썹을 뽑힌 적이 있다고 말하자 다른 누군가가 겨드랑이 털을 뽑힌 적이 있다고 받아쳤다. 우리는 이런 이야기를 나누면서 지하 쇠창살에 갇혔다 풀려났다. 씨발, 정말로 용이 있나. 누군가가 말했고 우리는 동의의 표시로 정말 좆같네, 씨발. 이렇게 말했다. 용사들은 전부 백인이었고 독일식 이름을 갖고 있었다. 우리는 전부 백인이 아니었고 한국식 이름을 갖고 있었다. 한국에도 지하 감옥이 있었나, 누군가가 물었고 땅굴은 있었잖아, 누군가가 대답했다. 땅굴에서 자살하면 좋을 텐데, 누군가가 말했고 다른 사람들은 그 말을 전혀 한심하게 여기지 않았다. 내가 대학에 다닐 때, 선배 중에 음악을 좋아하는 사람이 있었어. 제3세계 음악이 전문이라고 했어. 라디오 음악방송에 출연하거나 잡지에 글을 썼으니까 전문가라고 할 수 있겠지. 그 선배는 제3세계 음반을 수입하고 배급하는 회사에 들어갔어. 그러다 수틀렸는지 몇 달 만에 퇴사해서 본인이 직접 음반사를 차렸지. 그러다 음반 몇 장 들여오지도 못하고 회사는 문을 닫았어. 그 후로 연락이 끊겼는데 어디선가 학교와 멀리 떨어진 곳에서 닭을 튀기고 있다는 얘기를 들었어. 왜 하필 닭이었을까, 나는 생각했어. 한국인들이 닭을 좋아해서? 한국인들에게 제3세계 음악이 받아들여지지 않으니 그들이 좋아하는 걸 팔아야겠다고 생각해서? 닭은 내게 일종의 수제비 같은, 물릴 대로 물린 음식이라서 나는 더 이상 닭을, 특히 튀긴 닭을 거의 먹지 않지만 가끔 닭과 한국인과 자영업의 상관관계에 대해 열심히 생각할 때가 있어. 닭이 없었다면 내 부모와 선배는 무엇을 튀겼을까. 튀길 것이 있었을까. 꿩 대신 닭이라는 말은 있지만 닭 대신 오리라는 말은 없잖아. 우리는 말없이 카드를 섞었다. 내일 출근해야 돼, 누군가가 말했다. 그리고 길게 하품했다. 잠시 아무도 입을 열지 않았지만 그 순간 우리는 모두 자살을 생각했다. 우리는 각각 그네 칼날에, 쇠창살에, 도리깨에, 화살에 상처를 입고 있었다. 타일을 두세 개 뽑으면 죽을 확률이 99.9퍼센트였다. 0.1퍼센트는 모자람이 아니라 더함을 나타냈다. 백 년 뒤에 우리가 죽을 확률도 99.9퍼센트였다. 2015년에 우리는 이미 이십대였고 냉동 인간이라도 되지 않는 한 새로운 세기말을 경험하지 못할 것이 분명했다. 그 순간 우리가 자살할 시간과 장소에 대해서만 생각해왔을 뿐 구체적인 방법은 한 번도 생각해보지 않았다는 생각이 났다. 생각이라는 단어가 세 번이나 반복되듯 우리는 아주 많이 생각했다. 가끔 행동에 나서기도 했지만 대개 수동적인 반응이었다. 우리는 서로 눈빛을 교환했다. 원형 테이블 위에 매달린 전등이 우리의 얼굴에 빛과 그림자를 동시에 던졌다. 흐린 눈빛들이 지하 감옥 위로 얽혔다. 그날이 정확히 언제였는지 기억나지는 않지만 그 주의 복권도 낙첨이었다. 낙첨을 정확하게 기억하는 이유는 한 번도 당첨된 적이 없기 때문이다. 그리스는 국가 부도 사태를 맞았고 미국에서는 동성 결혼이 합법화되었고 중국에서는 주가가 폭락했다. 우리는 신문 지면에 등장하지 않는 나라들을 열심히 생각했지만 굳이 나라까지 갈 것도 없이 우리 자체가 신문 지면에 등장하지 않았고 앞으로도 등장하지 않을 존재였다. 우리는 이름 없이 죽을 것이었고 설령 우리가 자살한다 하더라도 광화문 한

복판에서 자폭이라도 하지 않는 한 이름 없이 죽어 금세 잊힐 것이 분명했다. 굳이 이름을 남기고 싶은 건 아니었으나 그리스 사태에 괜히 심란해지는 마음을 이해할 수 없었고 다른 나라의 수없이 많은 이름 없는 사람들을 생각하자 괜히 분했고 그리스라는 추상적인 국가가 망했을 때 어째서 구체적인 개인이 어려움을 겪는 것인지 궁금했다. 미국과 중국이 힘겨루기를 할 때 개인은 어디에 있는가. 우리는 한국인이었고 구체적인 개인으로서 그냥 자살하고 싶었다. 당첨이냐, 자살이냐. 우리는 복권에 당첨되는 순간까지 자살을 무한정 연기했다. 매주 당첨되지 않았으므로 우리의 수명은 일주일마다 일주일씩 연장되었다. 복권에 당첨된다면 뭘 하고 싶습니까, 우리는 인터뷰를 가장하며 서로에게 조롱 조로 물었고 한 사람은 자살하고 싶다고 대답했고 남은 세 사람은 아무 말도 하지 않았다. 우리의 일상에서는 대개 아무 일도 일어나지 않았다. 아무 일도 일어나지 않아서 평온했다. 옛말 중에는 그런대로 쓸 만한 것이 몇 가지 있는데 무소식이 희소식이라는 말도 그중 하나였다. 우리는 아무 일도 일어나지 않기를 바랐다. 일이 일어난다면 보통은 누군가가 죽거나 병에 걸리거나 빚에 시달리거나 과태료 미납으로 차가 압류되거나 집에 도둑이 들거나 엘리베이터에서 성추행을 당하거나 변기가 막히거나 집에 바퀴벌레가 나오거나 자동차 사고로 응급실에 실려 가거나 아버지가 죽거나 어머니가 죽거나 고모가 사체를 끌어다 쓰거나 키우던 개가 죽거나 계단참에서 뺨을 맞았는데 그대로 실족해 다리가 부러지거나 행방불명이 되거나 보이스피싱을 당하거나였다. 나는 보이스피싱을 당할 뻔한 적이 있었다. 누군가가 전화를 걸어와 서울지방검찰청이라고 했다. 나는 무슨 일이냐고 물었고 상대방은 내 통장이 사기에 이용되고 있다고 대답했다. 나는 씨발 새끼야, 죽고 싶냐고 말했고 상대방은 좆같네, 먹고살기 힘드네라고 말하며 전화를 끊었다. 화가 나서 휴대폰에 찍힌 번호로 전화를 걸었더니 지금은 통화 중이오니 전화를 받을 수 없다는 안내 메시지가 나왔다. 나는 사서함이 연결되기를 기다려 욕설로 가득한 메시지를 남겼다. 내가 이 이야기를 전하자 우리 중 한 사람이 자신도 그런 전화를 받은 적이 있는데 통장 번호와 비밀번호를 술술 불러주었다고 했다. 자기도 모르게 그랬다고 했다. 친구의 이름을 대며 죽었다고, 돈을 보내달라고 하기에 그랬다고 했다. 그러다 문득 상대방이 통장 잔고가 얼마냐고 물었다고 했다. 액수를 말했더니 상대방은 한숨을 내쉬며 전화를 끊었다고 했다. 그제야 보이스피싱인 걸 알아차렸다고 했다. 자존심이 상하더라, 그가 말했다. 사기꾼한테 동정을 받다니, 그건 자존심을 세울 수 있는 일이야, 우리 중 누군가가 말했다. 어차피 자살할 건데 자존심을 세워서 뭘 할까, 또 다른 누군가가 말했다. 자살이야말로 가장 자존심을 세울 수 있는 일이지, 내내 입을 다물고 있던 누군가가 말했다. 그때 우리가 정말로 죽고 싶었을까, 생각하면 모를 일이다. 나는 정말로 죽고 싶기도 했고, 실은 죽고 싶지 않기도 했다. 우리 중에서 진지하게 자살을 시도했던 사람은 단 한 명이었다. 그는 어렸을 때 방정환이 쓴 동화를 읽었는데, 그 책에는 밀폐된 방 안에 백합을 가득 놓아두고 잠들어 자살한 여자 이야기도 있었다. 그는 어머니의 지갑에서 돈을 훔쳐 백합을 두 다발 사서 머리맡에 두고 잠들었고 다음 날 살아서 눈을 떴다. 돈을 훔친 것이 발각되어 밟히고 짓이겨진 백합의 진액이 고름처럼 흘러내릴 때까지 얻어맞다 갈비뼈에 금이 갔다고 했다. 맞다가 죽는 줄 알았지, 그가 말했다. 어머니로서는 결과가 괜찮았어. 나는 축대에서 떨어졌다고 알려졌고 보험 회사는 병원비 일체와 약간의 위로금을 지급했지, 그가 말했다. 위로금은 그에게 아무런 위로도 되어주지 않았다. 그때 죽었어도 동화 같지는 않았겠지, 그는 이렇게 말하며 타일을 뽑았고 그 순간 날아온 그네 칼날에 즉사했다. 그는 40원을 전리품으로 들고 있었다. 실제 화폐단위는 원이 아니라 골드였지만 우리는 40원이니 50원이니 하면서 전

28

리품의 값어치를 폄하하는 경향이 있었다. 40원을 쥐고 장렬히 전사한 용사에게는 무덤이 주어지지 않았다. 지하 감옥이 그대로 무덤이었다. 쇠창살이 위패였고 거미줄이 덕지덕지 들러붙은 단지가 유골함이었다. 여기서 이대로 늙고 싶다, 그러다 죽으면 이곳에 묻히고 싶다, 누군가가 작업실 안을 둘러보며 말했다. 여기다 납골당을 만들까, 선반에서 책과 게임 상자를 치우고 칸막이를 만든 다음 유골함을 놓으면 그게 납골당 아닐까, 유족이 없는 사람을 위해 제사를 지내주거나 유족이 찾아오지 않는 사람을 위해 기도를 드리면 어떨까. 그리고 우리 모두는 생각에 잠겼다. 우리는 번식하지 않고 죽을 것이었고 세상만사가 죄다 불확실했지만 우리에게 아이가 없으리라는 것과 언젠가 죽으리라는 것은 분명했으므로 우리가 죽으면 제사나 기도를 맡아줄 자식이 없으리라는 것도 분명했다. 죽어서 제사상을 받고 싶지는 않았으나 그래도 혹시, 그래도 어쩌면. 우리 중 한 사람이 죽을 때마다 제사를 지내줄까, 누군가가 말했다. 그러면 마지막에 남을 사람은 어떡하지, 다른 누군가가 말했다. 한 명이 죽을 때마다 한 명을 새로 들일까, 세번째 사람이 말했고 내가 맨 마지막에 죽을게, 내가 말했다. 나는 제사상을 받지 못한다고 해서 아쉬워하거나 서러워하지 않을 거야. 내가 해마다 전을 부치고 산적을 굽고 술을 따라줄 테니 대신 죽을 거면 한날 동시에 죽으면 좋겠어. 그래야 1년에 한 번만 제사상을 차릴 수 있을 테니까. 우리 중에는 종교를 가진 사람이 아무도 없었다. 그거 좋은 생각이네, 누군가가 말했다. 그럼 오늘 죽을까, 그네 칼날에 즉사한 사람이 말했다. 용은 자고 있는 것 같았다. 용이 정말로 있다면. 우리는 다시 한번 눈빛을 교환했다. 그럼 어떻게 죽을까, 쇠창살에 갇힌 사람이 말했다. 우리는 최대한 수동적으로 죽고 싶었다. 숨을 참을까, 이 말과 동시에 우리는 코와 입을 틀어막았으나 1분도 되지 않아 헉헉대며 가쁜 숨을 토해냈다. 우리가 자살했는데 다음 주에 복권에 당첨되면 어쩌지, 누군가가 말했다. 다음 주가 언제지, 누군가가 물었고 멍청아, 다음 주는 다음 주지, 내가 대답했다. 우리의 용사들은 용이 잠든 방에서 멀찌감치 떨어져 있었다. 용의 방에 들어간다고 해도 들어가자마자 용이 깨어나 우리를 화염으로 날려버릴 것 같았다. 그런 건 직접 가보지 않아도 알 수 있었다. 느낌이었다. 우리는 느낌대로 살았고 느낌이 맞을 때도 틀릴 때도 있었지만 느낌대로 살 수밖에 없었다. 당첨금은 내가 가질게, 내가 말했다. 신탁을 들든지 해서 너희의 제사상을 오래오래 차려줄게. 신탁이 뭔지는 아니, 누군가가 말했다. 주식이 뭔지는 알아, 내가 대답했다. 당첨금을 주식에 투자해서 모조리 날리는 한이 있어도 너희의 제사상은 오래오래 차려줄게. 든든하네, 누군가가 말했다. 그해 여름 우리가 정말로 자살하고 싶었는지 지금 나로서는 알 길이 없다. 나는 자살하고 싶었다. 절반의 진심이었다. 다른 세 사람의 머릿속을 들여다볼 수 없었으니 그들이 진심으로 자살을 원했는지는 모르겠으나 추측건대 그들 역시 절반쯤 진심으로 자살하고 싶었을 것이다. 무용한 문장들이 흩어진다. 나는 기독교계 대학을 다녔고 4년 내내 채플을 의무적으로 들어야 했다. 만고에 쓸모없는 시간이었다. 성서를 해설할 때는 그런대로 들을 만했지만 기독교도 연예인이 단상에 올라 하느님은 당신을 사랑하십니다, 그 이유는 하느님이 당신을 사랑하기 때문입니다라고 말한 이후로 내내 이어폰을 꽂고 음악만 들었다. 그런데 그 말도 안 되는 동어반복이 실은 유의미하다는 걸 그때 깨달았다. 우리는 자살하고 싶었다. 그 이유는 자살하고 싶어서였다. 어떤 죽음에도 이유가 없듯 자살에도 이유가 없었다. 우리는 그저 자살하고 싶었다. 우리의 심리를 분석하거나 기술의 발전으로 생각을 읽어낼 수 있게 되더라도 우리의 머릿속을 들여다보면 자살하고 싶다, 자살하고 싶다는 말만 되풀이되고 있을 것이 분명했다. 그래서 우리는 버릇처럼 자살하고 싶다고 말했다. 그건 우리가 스스로에게 가할 수 있는 최대한의 폭력이었다. 우리는 누구에게 당한 폭력보다도 더 큰 폭력을 스스로 행사하고 싶었다. 그게 우리가 나름대로 할 수 있는 복수의 방식이었다. 그들에게, 그리고 우리에게. 돌이켜보면 채플 시간이 영 쓸모없지만은 않았다. 나는 기독교에 대해 별다른 생각을 해본 적이 없고 아는 바도 전무했지만 원죄의식이라는 말은 들은 적이 있었다. 그러니까 우리가 태어난 것이 죄였던 것이다. 그렇게 생각하면 모든 문제가 명쾌하게 해결되었다. 태어난 것이 죄이니 자살하자. 대부분의 종교에서 자살을 죄로 규정하고 있다는 건 생각하지 않았다. 죽음을 앞두고 우리는 전부 무신론자가 되었다. 죽음 이후에는 아무것도 없으니 죄도 없을 것이다. 우리는 진심으로 그렇게 생각했다. 그렇게 믿어야만 했다. 우리라고 말하고 있지만 나는 우리의 대표자도 대리인도 아니다. 그들이 지금 어떻게 살고 있는지 나는 알지 못한다. 누군가는 정말로 자살했을 것이고 누군가는 정말로 자살을 시도했으나 실패했을 것이다. 그해 여름이 끝날 때까지 지하 감옥에서 빠져나온 사람은 아무도 없었다. 심지어는 용을 깨우는 바람에 화염에 휩싸인 사람도 없었다. 다만 출발 지점 언저리에서 그네 칼날이나 해골 병사에게 맥없이 당했을 뿐이었다. 우리에게는 40원이나 백 원짜리 전리품이 있었다. 황폐한 숫자였다. 연일 무더운 날씨가 이어졌다. 저마다 옷에서 쉰내가 났다. 우리는 벽걸이 에어컨 아래 모여 앉아 레몬향 향초로도 사그라들지 않는 서로의 땀냄새와 쉰내를 맡으며 서글픈 동류의식을 느꼈다. 하지만 여름이 끝나기를 바라지 않았다. 여름이 끝나면 가을이 올 것이었고 가을이 끝나면 겨울이 올 것이었다. 그러면 다시 새해가 시작될 것이고 우리 중 누군가는 좆같은 기분으로 삼십대를 맞이해야 할 것이었다. 자살하지 못한 채로. 눈을 감았다 뜨면 폭삭 늙어 있기를 바랐다. 늙은 채로 눈을 감았다 뜨면 죽어 있기를 바랐다. 우리가 왜 이런 생각에만 골몰하게 되었는지, 우리는 묻지 않았고 궁금해하지 않았고 다른 사람을 추궁하지 않았고 아무나 붙들고 싸움을 걸지도 않았다. 우리는 그대로 사라지고 싶었고 그건 나도 마찬가지였다. 그래서 우리는 그해 여름의 어느 날 차례대로 자살을 감행하기로 했다. 우리는 가위바위보를 했고 내가 가장 먼저 졌다. 우리는 진 순서대로 주사위를 굴리기로 했다. 우리는 견고한 지하 감옥 위로 한 사람씩 주사위를 굴리기로 했다. 가장 낮은 숫자가 나오는 사람부터 자살하는 방식이었다. 제사상은 어떡할래, 어느 순간 내가 물었다. 씨발, 필요 없어. 누군가가 대답했다. 나는 주사위를 집어 들었다. 아무도 나를 바라보지 않았다. 아무도 주사위를 바라보지 않았다. 아무도 지하 감옥을 바라보지 않았다. 나는 주사위를 굴렸다. 4가 나왔다. 나는 왼쪽에 있던 사람에게 주사위를 건넸다. 그가 주사위를 굴렸다. 주사위가 굴러갔다. 주사위가 계속해서 굴러갔다. 그해 여름 우리는 주사위의 진동이 멈추기를 기다렸다. 2015년이었다. 그해 여름 주사위는 계속해서 굴러갔다. 주사위가 계속해서 굴러갔다.

일곱 명의 동명이인들과 각자의 순간들

훔친 자전거를 끌고 지나가는 중학생들의 뒤통수에서 고개를 돌리면 거대한 오피스텔 건물이 눈에 들어온다. 준공 당시에는 제법 근사하게 보였을지는 몰라도 이제는 다른 고층 건물들에 밀려 10년도 지나지 않아 쇠락한 분위기를 풍기는 외관이 눈에 띈다. 간판이 떨어져 나간 흔적이 남아 있고, 보이지는 않지만 엘리베이터가 서너 번 이유 없이 멈춘 적이 있으며, 역시 이제는 보이지 않게 되었지만 중학생들이 서너 번 떨어진 적이 있다. 1층부터 3층까지는 상가, 4층부터 꼭대기 층까지는 주거용이다. 건물의 사면을 둘러 주거용 공간들이 배치된 까닭에 건물 중앙부는 텅 비어 있고, 엘리베이터를 타고 꼭대기 층으로 올라가서 밑을 내려다보면 까마득한 높이를 느낄 수 있다. 중정은 건물 안이나 안채와 바깥채 사이의 뜰을 말한다고 한다. 주거용 공간에 가로막혀 햇빛이 들지 않는 이곳을 사람들은 중정이라고 부른다. 그리고 가끔 이곳으로 누군가가 추락한다. 이 일은 서너 해에 한 번씩 일어난다. 사람들이 충격을 받고, 잊고, 다시 충격을 받기에 충분한 간격이다.

1층에서 엘리베이터를 기다리고 있는데 늙은 여자가 옆에 와 선다. 그는 나를 올려다보며 입술을 달싹인다. 20층. 19층. 엘리베이터가 내려오고 있다. 3층. 2층. 1층. 엘리베이터가 도착하고 문이 열린다. 두 사람이 내린다. 늙은 여자는 내가 엘리베이터에 먼저 타기를 기다렸다가 천천히 발을 안으로 들인다. 삼면에 부착된 거울을 통해 나는 보지 않아도 늙은 여자를 볼 수 있다. 그가 입술을 달싹이며 중얼거린다. 난 혼자서는 이걸 못 타. 한 번 멈춘 적이 있어. 난 혼자서는 못타. 그는 15층 버튼을 누른다. 나는 꼭대기 층까지 갈 생각이었으므로 그가 내리기 전에 내가 먼저 내리지 않아도 되어 다행이라고 생각한다. 그가 언제부터 이 건물에 살기 시작했는지는 모르겠지만 매일 누군가가 나타나기를 기다렸다가 엘리베이터를 타야 한다면 좀 안된 일이라고 생각한다. 1층에서는 늘 엘리베이터를 기다리는 사람과 마주친다. 상가가 들어선

2층과 3층에서도 엘리베이터를 기다리는 사람을 쉽게 본다. 그러나 4층부터는 엘리베이터 이용자가 다소 줄어든다. 그는 혼자 사는가. 그는 15층에 사는가. 출퇴근 시간과 등하교 시간을 제외한 비교적 한가한 때에 15층에는 얼마나 많은 사람들이 남아 있는가. 이런 생각을 하는 사이 엘리베이터는 15층에 도착한다. 문이 열리고 늙은 여자가 내린다. 일흔 살쯤 되었을까. 그의 뒷모습을 가리며 문이 닫힌다. 나는 가능하다면 내일도 늙은 여자와 마주치고 싶다고 생각한다. 나는 15층에는 아무런 볼일이 없지만 그가 낯선 존재에 의지해 다소 마음 편히 엘리베이터를 탈 수 있다면 그가 나타날 때까지 15층 엘리베이터 앞에서 몇 시간쯤 기다릴 수 있을 것 같다고 생각한다. 22층. 23층. 엘리베이터가 올라간다. 밖에서 둔중한 소리가 들려온다. 엘리베이터가 멈추지 않는다. 27층. 28층. 엘리베이터가 멈춘다. 문이 열리고 먼 곳에서 누군가의 비명이 들려온다. 여기저기서 현관문이 열리고 닫히는 소리가 들려온다. 나는 중정이 내려다보이는 난간으로 다가간다. 밑이 까마득하다. 4층부터 29층까지 난간들이 층층이 쌓여 있다. 군데군데 아래를 내려다보는 사람들이 보인다. 그들의 시선은 한 방향으로 모여든다. 건물 중정의 가장자리에 누군가의 치맛자락이 펼쳐져 있다. 여전히 비명이 들려온다. 가운데 부분이 통째로 뚫려 있는 이 건물은 그 자체로 거대한 소리통이 된다. 슬리퍼를 끄는 소리, 숨을 삼키는 소리, 낮은 탄식과 엘리베이터 문이 열리고 닫히는 소리가 건물을 뒤흔든다. 나는 난간에 기대어 아래쪽을 내려다보는 사람들의 뒤통수를 내려다보며 주머니에서 삼각김밥을 꺼낸다. 포장을 풀고 한 입을 베어 문다. 피 맛이 난다. 그러나 삼각김밥에 철분제는 들어 있지 않다.

아침에 일어나 몸무게를 재보면 전날 밤보다 5백 그램씩 줄어 있다. 하루가 지나가고, 가끔 먹고, 가끔 배설하고, 밤에 다시 몸무게를 재보면 4백 그램이 늘어나 있다. 그러므로 하루에 백 그램씩 몸무게가 줄어들고 있는 셈이다. 열흘이면 1킬로그램이 줄어든다. 한 달이면 3킬로그램이 줄어든다. 몸이 몸을 유지하기 위한 최소한의 몸무게는 얼마가 되어야 하는지 궁금하다. 나의 몸무게는 자발적으로 줄어든다. 나는 몸무게를 억지로 줄이지 않는다. 그리고 날마다 줄어들고 채워지는 과정을 통해 점진적으로 줄고 있는 몸무게를 꼼꼼하게 기록한다.

먹고 마시고 배설하고 기록하는 어느 하루, 문자 수신음이 울린다. 통장이 압류되었다고 한다. 건강보험을 열두 달 동안 내지 않았기 때문이다. 나는 건강보험료를 내지 않았거나 내지 못했다. 지나치게 많은 금액이 청구되었기 때문이다. 나는 건강보험공단을 찾아갔고, 항의했고, 본인으로서는 아무런 해결책을 제시할 수 없으며 산출 근거 자체가 잘못된 것이므로 본사에 항의서를 넣으라는 실무자 앞에서 더는 아무 말도 하지 못하고 돌아왔다. 그리고 항의서를 냈고, 세 달 뒤에 기각되었다는 통지서를 받았고, 몇 번의 압류 및 차압 경고장이 날아들었고, 무시했고, 결국 통장이 압류되었다. 통장의 잔액을 조회하니 13만 4천 원이 들어 있다. 내가 내지 않은 건강보험료는 물론 이 액수를 상회한다. 7년 넘게 다닌 직장에서는 나의 건강보험료를 지원해주지 않는다. 아직까지 해고되지 않은 것만으로도 감사해야 할 지경이다. 그러나 감사한 마음은 조금도 생기지 않는다. 꿈에서 대통령을 보았고, 법인세 인하분을 어째서 근로소득세 인상으로 메꾸려고 하느냐고 따졌다. 그러나 실제로 나는 근로소득자가 아니다. 나는 직장이 있는데도 자영업자로 분류된다. 그리고 십일조보다 과한 비율로 건강보험료를 내야 한다. 그래서 내지 않았고, 통장을 압류당했고, 날마다 몸무게가 백 그램씩 줄어든다. 언젠가 받은 연금 안내장에 의하면 내가 2046년부터 매달 43만 원씩 받을 수 있다고 한다. 2046년이 오기 전에 세계가 멸망할 것이다. 통장에 남아 있는 13만 4천 원은 2046년에 얼마만큼의 가치를 가질 것인가. 2046년에 43만 원으로 교환할 수 있는 것은 무엇인가. 2014년인 지금도 건강보험료 한 달분을 미처 내지 못하는 돈이다. 그리고 날마다 몸무게가 백 그램씩 줄어든다. 나는 2046년이 오기 전에 소멸할 것이다. 건강도 연금도 없을 것이다. 내가 매달 받게 된다는 43만 원은 다른 사람에게 돌아갈 것이다. 누군지는 몰라도 그는 매달 커피 한 잔쯤 사 마실 수 있을 것이다. 아니면 껌 한 통을 사거나.

그러나 아직은 해결할 수 있는 문제다. 어떤 이의 조언처럼 건강보험공단을 찾아가 드잡이를 하거나 바닥을 뒹굴거나 서너 달 치를 내고 압류를 해제할 수도 있다. 그러나 모든 방편은 일시적일 뿐이며 나의 항구적인 증오를 사라지게 할 수는 없다. 전화를 걸면 상담원에게 연결된다. 상담원은 내게 사랑한다고 말한다. 나는 너를 사랑하지 않는다. 너도 나를 사랑하지 않을 것이다. 나는 지난해 총소득을 말해주고 이해할 수 없는 액수의 건강보험료가 청구되고 있다고 말한다. 상담원은 죄송하다고 말한다. 그러나 너는 내게 죄송하지 않을 것이다. 나는 화가 난다. 식당이나 호텔에서 형편없는 서비스를 받은 손님이 지배인을 찾는 장면을 영화나 드라마를 통해 여러 번 본 적이 있다. 나 역시 지배인을 찾고 싶다. 그러나 지배인이 누구인지 부를 수 있는 사람인지 한 사람인지 여러 명인지 알 수가 없다. 내가 전화를 끊지 않자 상담원의 목소리가 타들어간다. 죄송하다고 말하지만 나는 상담원의 사과를 들을 생각이 없다. 상담원은 아무것도 잘못하지 않았다. 나도 안다. 그러나 그는 내 얘기를 들어줄 유일한 사람이다. 나는 날마다 몸무게가 백 그램씩 줄어들고 있다고 말한다. 상담원은 또다시 죄송하다고 말한다. 한 달에 3킬로그램씩 몸무게가 줄어들고 있다. 이 상태가 지속되면 1년 뒤에는 24킬로그램이 사라질 것이고 내 몸은 반쪽이 될 것이다. 나는 이따위 이야기를 계속하며 전화를 끊지 않는다. 상담원은 참을성 있게 내 이야기를 들어준다. 어쩌면 이미 수화기를 내려놓았는지도 모른다. 그러나 이처럼 방향이 엇나간 사소한 복수는 아무것도 해결하지 못한다. 짜증이 머리끝까지 치민 나는 울음을 터뜨린다. 고성을 지르며 전화기를 집어 던지려다 그만둔다. 상담원이 말한다. 선생님, 이의신청서를 제출하세요. 이미 한 번 했던 일이다. 건강보험공단을 직접 찾아갔을 때에도 나는 선생님으로 불렸다. 그들은 모든 사람을 선생님이라고 부른다. 이 어처구니없는 호칭이 더욱 모욕적으로 여겨진다. 나는 상담원에게 죄송하다고 말한다. 상담원은 말이 없다. 짧은 순간이지만 나는 상담원에게 진정으로 미안한 마음이 들었다. 진정으로,라니. 어처구니없는 표현이다.

밤, 다시 몸무게를 잰다. 아침에 5백 그램이 줄어 있었다. 지금은 거기서 3백 그램이 늘어나 있다. 2백 그램이 빈 셈이다. 울음과 고성과 분노가 백 그램을 더 소모시킨 모양이다. 내가 잃어버린 것은 지방인가 근육인가 혈액인가 살갗인가 방향 없는 분노인가. 텔레비전을 켜고 뉴스를 본다. 건강보험공단이 다음 달부터 75세 이상 노인에게 임플란트를 반액으로 시술할 수 있는 혜택을 준다고 한다. 내 이는 멀쩡하다. 내가 75세가 되려면 지금까지 살아온 만큼을 더 살아도 모자라다. 내가 75세가 되는 시점은 2046년이 지난 후다. 내가 아는 노인들을 떠올리며 그들에게 이가 있었는지 없었는지를 생각한다. 내가 내지 않은 건강보험료는 노인 한 사람이 새 이를 해 넣을 수 있는 액수와 같다. 가망 없는 싸움을 포기하기에 적당한 이유다.

착한 커피에서 커피를 마시고 다음 날은 더 착한 커피에서 커피를 마신다. 날은 춥고 눈이 내리지 않는다. 날마다 커피값으로 4천 원을 지불하고 달마다 55만 원의 임금을 받는다. 환기가 잘 되지 않는 지하 공기가 습하다. 이곳에서 일주일에 5일을 일한다. 명목상의 사장은 가게에 잘 나오지 않는다. 대신 사장의 아버지가 자리를 지키며 팝콘을 튀기고 맥주통을 나른다. 가끔 테이블 대신 바에 앉는 손님들이 있다. 그 중 한 사람은 독일인이다. 독일인이지만 한국말을 빼어나게 한다. 그는 한 달에 두어 번 이곳에 온다. 오늘도 동행이 있다. 그들은 한국어로 이야기를 나누고, 그들이 바에서 나누는 대화는 들으려고 하지 않아도 들을 수밖에 없다. 독일인은 젊었을 적 소도시 변두리에 위치한 작은 식당에서 아르바이트를 한 적이 있다고 말한다.

"변두리여서 동네 사람들이 자주 찾는 장소였어. 거기서 아르바이트를 했지."

"독일인이 독일에서 아르바이트를 했군."

"그렇지. 한데 어느 날 낯익으면서도 낯선 손님이 어떤 여자와 함께 들어왔어. 어디서 본 적이 있는 얼굴이라고 생각했지. 알고 보니 전에 시내 식당에서 일할 때 자주 오던 단골이었어. 항상 아내를 동반했지. 그런데 그날 데리고 온 여자는 아내가 아니었어."

"그러면?"

"물을 따라주면서 그들의 대화를 엿들었지. 그 여자는 아내가 아니라 애인이었어. 시내에서는 다른 사람들의 눈에 띌까 봐 일부러 변두리까지 왔던 거야. 그런데 내가 자기를 알아볼 줄은 몰랐겠지."

"짐작조차 못 했을 거야."

"그런 것 같았어. 그는 식사를 끝내고 내게 후한 팁을 남겼어. 끝까지 나를 알아보지 못한 것 같았지. 나는 괜히 가슴이 두근거렸어. 그의 비밀을 알고 있는 유일한 사람이 나라는 생각이 들어서였지."

그리고 독일인은 독일어로 무슨 말인가를 중얼거린다. 그의 동행이 소도시에서 비밀이 유지될 수 있는 가능성에 대해 말한다. 그러자 독일인은 서울에 살아서 기쁘다고 말한다. 그의 동행이 묘한 표정을 짓는다.

가게에 오지 않는 사장의 아버지가 시간을 때우려고 신문을 펼친다. 독일인이 맥주를 한 잔 더 달라고 말한다. 맥주를 따르는데 마침 맥주통이 바닥난다. 사장의 아버지가 신문을 덮고 창고에서 새 맥주통을 가져온다. 못 쓰는 거품을 따라내고 맥주를 받는다. 독일인의 동행이 한국 맥주를 어떻게 견디고 있느냐고 말한다. 독일인은 한국 맥주도 나쁘지 않다고 말한다. 다만 감자가 맛이 없다고 한다. 내가 독일인에게 맥주를 건네주고 다시 자리에 앉자 사장의 아버지가 지하철에서 부츠를 신은 여자를 보았다고 말한다. 아직 날이 춥지도 않고 눈도 오지 않았는데 버르장머리 없이 부츠를 신고 다니는 여자들에 대한 성토가 이어진다. 나는 사지 못한 부츠를 생각하며 운동화 속에서 발가락을 오므린다. 환기가 잘 되지 않는 지하 공기가 축축하다. 나무 바닥의 갈라진 틈에서 버섯이 자라날 때가 있다. 나는 그 버섯을 뽑아 쓰레기통에 버린다. 착한 커피에서 커피를 마시고 더 착한 커피에서 커피를 마시면 일주일에 3만 2천 원이 사라진다. 일주일에 3만 2천 원씩 한 달을 모으면 그럭저럭 괜찮은 부츠를 살 수도 있다. 일주일에 3만 2천 원씩 1년을 모으면 독일행 비행기표를 살 수도 있다. 오래 머물지는 못할 것이다. 독일인과 그의 동행이 술값을 치르고 자리에서 일어선다.

어느 일본인 작가의 소설에서 여름 옷감을 한 필 선물받았으니 살아야겠다고 생각했다는 대목을 읽은 적이 있다. 나는 막연히 다자이 오사무의 소설에서 본 내용일 것이라고 생각하고 있었다. 그러나 지금으로서는 기억이 확실하지 않다. 어쨌거나 나는 가끔 이 말을 생각한다. 우리를 살아 있게 하는 것은 때로 한낱 감각적인 것에 불과하다. 공항은 한산하다. 무장한 경찰들이 가끔 지나다닐 뿐이다. 그들은 작은 가방 하나와 커다란 말 인형 하나를 들고 있는 외국인 여행객에게는 별 관심을 기울이지 않는다. 다른 사람들은 허름한 면세점을 기웃거린다. 나도 조금 전까지 그들과 마찬가지로 허름한 면세점을 돌아다녔다. 딸이 말을 사다 달라고 부탁했기 때문이다. 내일모레면 서른이 될 딸이 아버지에게 말을 사다 달라고 한다. 웃어야 할지 울어야 할지 알 수가 없다. 어쨌거나 몽골은 말로 유명하다. 비행기를 타고 몽골로 와서 말 두 필을 사서 번갈아 타며 유럽까지 갔다는 사람의 이야기를 들은 적이 있다. 나라면 그런 여행은 하지 않겠다. 일단 두 마리의 말을 무엇으로 먹일 것인가. 마구간이 딸린 숙소는 어떻게 찾을 것인가. 유럽에 도착하면 말은 어떻게 처분할 것인가. 몽골의 말은 유럽의 말보다 작다. 기동성은 좋겠지만 장거리 여행에 적합한지는 알 수 없다. 아니다. 내가 말에 대해 뭘 알겠는가. 어쨌든 칭기즈칸 시대에도 말로 유럽을 정복하지 않았는가.

그러나 나는 말 대신 비행기를 탄다. 그리고 가이드가 따라붙는 여행만을 고집한다. 언젠가 베트남에 간 적이 있다. 가이드는 나를 포함한 관광객들을 라텍스 공장과 보석 상점, 코코넛 비누 상점으로 끌고 다녔다. 라텍스 공장에서는 아들의 딸을 위한 유아용 베개를 샀고 보석 상점에서는 딸에게 줄 자수정 목걸이를 샀다. 코코넛 비누 상점에서는 아무것도 사지 않았다. 비누와 함께 뱀술을 팔고 있었다. 내가 아무것도 사지 않자 가이드는 얼굴을 찡그렸다. 다른 사람들이 뱀술을 사자 가이드는 얼굴을 폈다. 내가 뱀술은 한국 공항에서 압수될 것이라고 참견하자 가이드는 다시 얼굴을 찡그렸다. 어쨌거나 다른 사람들은 뱀술을 샀다. 그들이 산 뱀술이 압수되었는지는 알 수 없었다.

비행기가 출발하려면 아직 40분쯤 남아 있다. 딸이 말을 사다 달라고 했던 건 분명 농담이었다. 나는 검역 절차가 복잡하므로 미안하지만 사다 줄 수 없겠노라고 역시 농담으로 받아쳤다. 그런데 면세점에서 말 인형을 발견했다. 베개만 한 크기였다. 좀더 작은 크기의 인형은 없느냐고 묻자 직원은 내 말을 애써 이해하지 못하는 척하며 큰 인형을 강권했다. 나는 어쩔 수 없이 커다란 말 인형을 샀다. 그리고 게이트 근처 벤치에 앉아 작은 가방에 커다란 인형을 집어넣으려고 애를 쓰고 있다. 나는 한 직장에서 35년 근무했다. 35년간 받은 급여와 퇴직금 대다수가 동생의 빚잔치에 들어갔다. 나는 동생을 용서했지만 아내는 시누이를 용서하지 않고 딸과 아들은 고모를 용서하지 않는다. 아무려나 나는 일부 건사할 수 있었던 돈으로 몽골이나 베트남, 중국을 짧게 여행한다. 그리고 몽골에서 서른이 다 된 딸을 위해 말 인형을 산다. 베트남에서는 자수정 목걸이를 사다 주었다. 딸이 그 목걸이를 걸고 있는 모습은 한 번도 본 적이 없다. 1년에 한두 번 보는 딸이니 마음 상할 일은 아니다. 화장실에서 나온 가이드가 내게로 다가온다.

사장님, 말 인형을 사셨네요. 손주 선물인가 보죠. 나는 그저 고개를 끄덕이며 웃는다. 여행을 다닐 때마다 좋은 점은 늘 사장님 소리를 듣는다는 것이다. 나와 일행은 모두 사장님 혹은 사모님으로 불린다. 여행지에서 우리는 이렇게 평등하다. 생각해보니 이번에는 손자를 위한 선물을 사지 않았다. 나는 휴대폰을 꺼내 짐 가방에서 비어져 나온 말 인형을 사진 찍고 딸에게 전송한다. 한국은 오후 3시쯤 되었을 것이다. 게으른 딸도 일어났을 시간이다. 게이트에서 탑승하라는 안내 방송이 나온다. 면세점을 기웃거리던 몇몇 일행이 이쪽으로 다가온다. 도통 가방에 들어가지 않는 말 인형을 도로 꺼내 든다. 기내에서 베개로 삼을 생각이다. 사흘간 저녁마다 같이 맥주를 마셨던 일행이 말 인형을 보고 한마디씩 던진다. 손주 주실 건가 봐. 몽골 말이 아니라 중국 말이겠지. 게이트에서 직원이 항공권을 스캔한다. 그때 주머니에서 진동이 울린다. 휴대폰을 꺼낸다. 동생의 전화다.

날이 밝고 있다. 새들이 짖는다. 새들이 한 시간째 짖고 있으니 동트기 시작한 지 한 시간쯤 지났을 것이다. 한 시간 전에 해가 뜨기 시작했다면 이미 날은 밝았을 것이다. 가끔 날이 밝았다고 해야 할지, 날이 밝고 있다고 해야 할지 알 수 없을 때가 있다. 창밖은 환하다. 방 안은 어둡다. 잡동사니들이 흩어져 있다. 자질구레한 물건들이다. 자질구레한 잡동사니라는 단어를 누가 처음 말했을지 생각하고, 그가 누군지는 알수 없지만, 감사한 마음이 든다. 그러나 시계를 발명한 사람에게는 어째서 좀더 노력을 기울여 더 많은 시계를 발명하지 않았는지 묻고 싶다. 그러나 내가 알기로 시계는 발명되지 않았다. 생겨났을 뿐이다. 여러 사람들에 의해. 그들 모두에게 책임을 묻다가는 인생이 끝날 것이다. 책임을 묻다가 인생이 끝난다면 그걸로도 만족할 수 있을 것이다. 아니다. 책임을 물을수 없는 대상에게 책임을 묻는 것은 무책임한 행위다.

케이블 채널을 돌리다 낯선 풍경과 마주한다. 모래색 건물과 검은 그림자. 화면으로도 건조함이 느껴지는 하늘. 구름한 점 없다. 깃발이 펄럭이고 그림자가 검게 흔들린다. 나이지리아 대통령 궁이다. 나이지리아 대통령의 이름은 굿럭 조너선이라고 한다. 행운을 빌어, 조너선. 그러나 그에게 행운은 없다. 적어도 지금 그는 불행할 것이다. 아니다. 불행한 표정을 하고 있지만 속으로는 어떤 생각을 하는지 알 수 없다. 아이에게 굿럭이라는 이름을 붙일 때 부모는 어떤 생각을 하고있었을까. 행운을 빈다는 말은 아직 행운이 오지 않았다는 것을 뜻한다. 모든 희망은 현재적이지 않다. 모든 희망은 미래에 있다. 그리고 미래는 결코 현재가 되지 않는다. 그러므로 행운은 없다. 나의 이름에 행이나 운은 없다. 내 이름은 평범하다. 늘 같은 이름을 지닌 사람들을 만나게 된다. 평범한 이름에 불만은 없다. 가끔 내 이름을 인터넷으로 검색하고, 나와 같은 이름을 지닌 사람들의 일상을 관찰한다. 그들은 적당히 행복하고 적당히 불행하다. 나와 같은 이름을 지닌 사람들이 너무 많아서 원한다면 하루 종일 그들의 평범한 일상을 관찰하며 보낼 수도 있다. 누군가는 최근 세이셸로 여행을 다녀왔다. 나는 세이셸이라는 이름을 처음 접했다. 사진 속 풍경은 아름다웠다. 아프리카 남단에 있는 섬나라라고 했다. 세이셸, 이라고 천천히 발음해본다. 가본 적도 없는 나라에 대한 그리움을 불러일으키는 이름이다. 굳이 세이셸까지 가지 않더라도 나와 동명이인인 사람들 대부분은 그럭저럭 행복한 일상을 살아가고 있는 것처럼 보인다. 그럭저럭이라고 말하는 이유는 사람들은 보통 불행에 대해서는 말하지 않기 때문이다. 적어도 불특정 다수가 보는 블로그 따위에 불행을 떠벌리는 사람들은 행복을 떠벌리는 사람들에 비해 그 숫자가 현저히 적다. 나는 동명이인들의 블로그 중 몇 군데를 정기적으로 찾는다. 그리고 글을 올리는 주기나 말투, 사진, 행간 등에서 그들의 불행을 읽어내고 내심 즐거워한다. 착각일지도 모른다. 그들은 불행하지 않을지도 모른다. 실은 나도 딱히 불행하지는 않다. 다만 행복하지 않을 뿐이다. 그리고 이제는 행복이 무엇인지도 알 수 없게 되었다. 전에도 안 적은 없었다. 다만 짐작했거나, 착각했을 뿐이었다. 실은 불행이 무엇인지도 알지는 못한다. 다만 불행은 아는 것이 아니라 느껴지는 것이고, 나는 내가 불행하다고 느낀다. 그 이유가 동명이인들이 많아서는 아니다. 하지만 동명이인들을 불행의 구실로 삼을 수는 있다. 같은 이름을 지닌 사람들이 나보다 행복하게 살고 있는 것처럼 보이기 때문이다. 나도 블로그를 개설했다. 쉬운 일이었다. 그러나 블로그에 한 줄도 쓰지 못했다. 사진 한 장 올리지도 못했다. 보는 것과 하는 것은 달랐다. 철 지난 노래 몇 곡을 링크하고 나자 더는 흥미가 생기지 않았다. 당연히 방문자도 없었다. 아무도 나의 행복을 염탐하지 않았다. 아무도 나의 불행을 염탐하지 않았다. 심지어는 나도 나를 염탐하지 않았다. 나는 행복하지도 불행하지도 않았다. 그리고 행복한 사람들을 모사하는 일에도 실패하고 말았다.

라디오에서 공익광고가 나온다. 더 많이 가지려고 하지 마세요. 당신은 지금도 충분히 행복할 수 있어요. 나는 헛소리라고 생각하며 채널을 바꾼다. 월요일 오전 8시의 교차로는 한산하다. 몇 년 전까지만 해도 토요일이나 일요일 아침이면 토사물을 쪼고 있는 새들을 볼 수 있었다. 그러나 이제는 새들도 사라지고 없다. 취객들의 토사물만이 남아 있다. 오후가 되면 토사물은 치워진다. 그리고 밤이 되면 다시 토사물로 뒤덮인다. 다른 동네로 옮길 생각도 했다. 그러나 다른 동네로 이사한다고 해서 삶의 질이 더 나아질 것 같지는 않다. 삶의 질이라는 것이 애초부터 존재했는지도 의문이다. 바꾼 라디오 채널에서 남해에 새로 생겼다는 리조트 광고가 나온다. 바다가 바라보이는 객실에서 하룻밤의 낭만을 즐겨보라는 광고다. 텔레비전 광고가 나름대로 비약적인 발전을 해온 반면 라디오 광고는 20년 전과 달라지지 않은 것처럼 보인다. 아니, 들린다. 라디오 광고를 듣고 마음이 동한 적이 없다. 생각해보면 텔레비전 광고를 보고 마음이 동한 적도 많지 않은 것 같다. 교차로를 지나 길가에 차를 세우고 비상등을 켠다. 편의점에 들어가 캔커피를 사 들고 나오는데 휴대폰이 진동한다. 확인해보니 누군가가 스타벅스 커피 교환권을 보내왔다. 스승의 날 선물이라고 한다. 나는 누굴 가르쳐본 적이 없다. 잘못 보내진 문자인 모양이다. 오늘이 스승의 날이라는 것도 이제야 안다. 나는 캔커피를 마시며 문자를 잘못 보내셨노라고 알려주려다가 그만둔다.

사무실에도 라디오가 나오고 있다. 점심시간이 다가올 무렵 라디오에서 사연 하나가 소개된다. 잃어버린 개를 찾았다는 내용이다. 잃어버린 개가 옆집에 있었다고 했다. 개 주인이 옆집 여자에게 왜 개를 훔쳤느냐고 따지자 개 도둑은 이렇게 대답했다고 한다.

"이 개들은 여기서 행복하다구요. 나는 개와 대화할 수 있어요. 개들은 여기서 전에 살던 곳보다 더 큰 행복을 느낄 수 있어요."

어쩐지 이상하게 들리는 말이다. 진행자가 사연을 읽다 말고 반문한다.

"그렇다면 개가 한 마리가 아니라는 건가요?"

나는 개를 훔친 여자가 정말로 그런 말투를 사용했을지가 더 궁금하다. 일반적으로는 잘 쓰지 않는 말투이기 때문이다. 진행자가 질문을 하나 더 던진다.

"개들과 대화할 수 있는 능력이라는 게 대체 뭘까요?"

게스트로 나온 남자가 웃음을 참지 못한다.

"그러니까 이웃을 잘 만나야 돼요. 미친 사람이 세상에 너무 많아요."

진행자도 웃음을 터뜨린다.

"아무튼 개를 찾으셨다니 다행입니다. 옆집 여자분, 남의 집 개를 훔쳐가시면 안 되죠. 이것도 형사처벌 대상입니다."

　내 옆자리에서 근무하는 강이 키보드를 두드리다 말고 나를 돌아본다. 유괴나 마찬가지잖아요, 라는 표정이다. 내가 뭐라 말을 꺼내려는 찰나, 휴대폰으로 전화가 걸려온다. 모르는 번호다.

　전화를 받자 모르는 목소리가 대뜸 화부터 낸다. 문자가 잘못 갔으면 잘못 보냈다고 알려줘야 하는 거 아닙니까. 나는 대꾸하지 않는다. 그거 쓰지 마세요. 알았어요? 알았냐고요. 나는 한참 시간을 끈 후에 대답한다. 네. 그리고 전화를 먼저 끊어버린다. 잠시 기다렸지만 휴대폰은 다시 진동하지 않는다. 나는 강에게 잠시 나갔다 오겠다고 말한다. 마침 점심시간이 다 되었다. 옆 건물 1층에 스타벅스가 있다. 더운 여름에는 시원한 아이스 아메리카노 한잔. 나는 스타벅스 직원에게 문자를 보여주고 잠시 기다린다. 직장인들이 거리를 메우기 시작한다. 커피를 받아 들고 나오는데 실종 노인을 찾는다는 전단이 눈에 들어온다. 여, 79세. 약간의 치매 증상. 나는 이름을 확인하고 짧게 놀란다. 나와 이름이 같다. 플라스틱 컵에서 차가운 물방울이 흘러내린다. 물방울은 손목에서 잠시 머물다가 이내 보도로 떨어진다. 나는 사무실이 있는 건물로 돌아간다. 엘리베이터 앞에서 강을 비롯한 동료들을 마주친다. 점심,

안 먹어? 나는 고개를 끄덕인다.

누군가의 시상식장이다. 많은 사람들이 와 있다. 나는 좀 늦게 도착했으므로 뒤쪽으로 가서 선다. 옆에서 누군가 알은 체를 한다. 나는 고개를 약간 숙이며 인사한다. 꽃다발을 든 사람들이 보인다. 심사 경위가 발표되고 축사가 이어진다. 시인이 축사를 읊는다. 시인은 상을 받은 소설가에게 이제 사후의 명성을 생각하라고 말한다. 이 말이 묘하게 들린다. 축사가 끝나고 수상자가 겸연쩍은 얼굴로 앞에 나와 감사의 말을 전한다. 박수가 이어진다. 나도 박수를 친다. 그러면서 사후의 명성에 대한 생각에 잠긴다.

그러나 생각은 길게 이어지지 않는다. 술자리에 있기 때문이다. 잔이 배분되고 술이 따라진다. 잔이 부딪히고 술이 넘친다. 화제는 최근 있었던 필화 사건과 북한의 미사일 발사와 누군가의 결혼 소식을 옮겨 다닌다. 낯익은 얼굴들과 낯선 얼굴들이 번갈아 나타난다. 그러다 누군가가 옆에 와 앉기에 고개를 숙이며 인사하고 처음 뵙겠다고 말한다. 그러자 그가 버럭 화를 낸다. 그에 의하면 우리는 몇 년 전에 이미 인사를 나눈 적이 있다. 나는 기억나지 않는다. 나는 얼굴과 이름을 잘 기억하지 못한다. 자랑은 아니지만 사실이 그러하다. 나는 죄송하다고 말한다. 그는 내 사과를 받아주지 않는다. 분위기가 잠시 얼어붙는다. 그는 자리에서 일어난다. 나는 그를 따라 일어나다가 다시 엉거주춤 자리에 앉는다. 아무리 생각해도 그의 이름이 떠오르지 않는다. 내가 기억하지 못하는 이름은 그의 이름만이 아니다. 이런 변명이 통하지 않으리라는 것을 나도 알고 있다. 맞은편에 앉아 있던 사람이 그의 이름을 넌지시 알려준다. 이름을 기억하지 못한 것은 처음이 아니지만 이름을 기억하지 못해서 분노의 대상이 된 것은 이번이 처음이다. 나는 자리에서 일어나 그가 앉아 있는 테이블로 간다. 그는 누군가와 대화하는 중이다. 그가 대화하고 있는 사람의 이름도 기억나지 않는다. 아니, 그 테이블에 앉아 있는 사람들 중에서 내가 이름을 기억하는 사람은 한 명도 없다. 그의 주의를 끄는데 실패한 나는 술집 안을 둘러본다. 술집 안에 앉아 있는 사람들 가운데 내가 이름을 기억하는 사람은 단 한 명도 없을지도 모른다는 두려움이 생겨난다. 아니다. 물론 이름을 알고 있는 사람들이 있다. 그러니까 내가. 그러나 그들의 이름이 생각나지 않는다. 하나도. 나는 그에게 조심스럽게 다가간다. 아까는 죄송했습니다. 제가 기억력이 별로 좋지 않아서요. 실례가 많았습니다. 그러나 그는 손을 내저을 뿐 나를 돌아보지도 않는다. 화가 치밀지만 다시 한번 죄송하다고 말한다. 그제야 그는 나를 돌아보며 가라고 말한다. 그래서 나는 간다.

　조금 전에 앉아 있던 테이블로 돌아가기가 머쓱해진 나는 화장실로 향한다. 내가 들어가려는 찰나 안에서 누군가가 나온다. 그가 내게 고갯짓으로 인사한다. 나도 그에게 고갯짓으로 인사한다. 그러나 이름이 기억나지 않는다. 미칠 노릇이다. 나는 뒤를 돌아본다. 사람들의 뒤통수와 옆통수가 보인다. 백 명은 족히 될 것이다. 오늘의 수상자가 멀리 앉아 있다. 그의 이름이 무엇이었는지도 이제는 기억나지 않는다. 물론 거짓말이다. 그러나 오늘의 실수를 만회하려면 여기 있는 사람들 모두의 이름을 기억하지 못해야 할 것 같다. 심지어는 내 이름조차 잊어야 할 것 같다. 나는 화장실에 들어가 수돗물을 틀고 손을 가져다 댄다. 물은 차갑다. 손을 말리고 돌아서려는데 누군가가 화장실에 들어온다. 역시 이름이 기억나지 않는 사람이다. 김씨 아니면 이씨일 것이다. 아니면 박씨거나. 나는 그의 시선을 슬그머니 피하며 화장실을 나온다. 음악 소리와 말소리가 뒤섞여 귓가를 울려댄다. 나는 다시 한번 내게 화를 냈던 사람에게로 다가간다. 그는 여전히 나를 돌아보지 않는다. 내가 딱하게 보였던지 그 옆에 앉아 있던 사람이 일어서며 나를 밖으로 데리고 나간다. 나는 미안하다는 말을 대신 전해달라고 말한다. 그는 알았다고 대답한다. 나는 집으로 돌아가기로 한다. 그에게 즐거운 시간 보내시라고 말하며 돌아선다. 그 순간 가방을 놓고 나왔다는 생각이 든다. 나는 다시 술집으로 들어간다. 그리고 이름을 알 수 없는 무수한 얼굴들과 다시 마주친다.

식물의 이름

"갈색, 주홍색, 노란색, 연두색, 녹색, 모래색, 흙색, 분홍색, 혹은 그 모든 색이 뒤섞인 색이었어요. 죽어가는 잎의 색. 선명하게 도드라진 초록색과 연한 옥색으로 이루어진 작은 잎사귀는 비교적 분명한 형태였죠. 한 뼘가량의 높이를 유지하는 탄성 있는 꽃대 끝에는 자주색, 다홍색, 보라색, 혹은 그 모든 색이 뒤섞인 색을 지닌 꽃이 피어 있었어요. 막 피어난 꽃의 색. 곧 죽어버릴 꽃의 색. 꽃대는 아래쪽 끝이 구부러진 형태의 곡선이었어요. 하나, 둘, 셋, 넷, 그리고 열둘, 열셋, 열넷. 싱싱한 꽃을 피운 꽃대의 개수. 그 사이를 촘촘히 메운 녹색 잎사귀들과 갈색과 모래색으로 죽어 말라붙은 잎사귀들이 있었죠. 물기를 잃어 바짝 오그라든 꽃대. 마지막까지 흙을 움

식물의 이름   63

켜쥐려던 것처럼 보이는 메마른 잎. 꽃잎은 엄지손톱만 한 크기로 모두 다섯 장이었어요. 접힌 자국이 있었죠. 작은 꽃잎들은 대개 일정한 색의 농도를 유지하지만, 간혹 가장자리가 희끄무레한 것들이 있었어요. 다섯 장의 꽃잎으로 이루어진 꽃 자체는 뒤집힌 초롱처럼 보이기도 했죠. 꽃잎. 꽃. 희끄무레한 분홍색. 분홍색과 흰색의 경계. 분홍색과 자주색의 경계. 자주색과 자주색의 경계. 경계. 무력하게 축 늘어진 꽃잎의 색은 검정색에 가까운 갈색이었어요. 자줏빛 갈색. 자주색과 갈색의 경계. 화분을 볼 때마다 자주색과 녹색과 황토색이 수술에 실패한 환자의 장기처럼 어지럽게 뒤얽혀 있었어요. 물론 수술에 실패한 환자의 장기 같은 건 실제로 본 적이 없죠. 화분에 가까이 다가가면 얽히고설킨 실뭉치를 닮은 줄기들이 보였어요. 꽃잎은 어린아이의 목덜미처럼 부드러웠어요. 내가 어렸을 때를 제외하고는 한 번도 어린아이의 목덜미를 만져 본 적 없어 그 부드러운 정도는 알지 못합니다. 좀더 단단한 표면을 지닌 잎사귀 가장자리에는 작고 무해한 톱니가 있었어요. 잎사귀들은 좀더 많은 햇빛을 받기 위해 수평으로, 아이가 매를 기다리며 내민 손바닥처럼 펼쳐져 있었어요. 어떤 잎은 초록색과 노란색을 둘 다 갖고 있었어요. 햇빛을 덜 받은 쪽이겠죠. 두려워 곱아든 손가락처럼. 노란 가장자리가 건조함을 드러내며 위로 말려 있었어요. 노인의 거죽. 꽃대를 헤치면 숨이 끊어지기 직전의 꽃봉오리가 보여요. 꽃눈. 비늘눈. 꽃망울. 꽃이삭. 꽃봉오리가 정확한 단어인지 몰라 검색해본 적이 있어요. 그러자 알 수 없는 단어들이 딸려 나왔죠. 미처 피지 못하고 시든 꽃봉오리를 골라내며 어디까지가 꽃눈이고 어디까지가 비늘눈인지 알려고 했어요. 화뢰나 화봉이라는 단어들도 있었어요. 하지만 이런 단어들도 자주색이 꽃의 색을 충분히 설명할 수 없는 것과 마찬가지로 시든 꽃봉오리를 충분히 설명할 수 없었어요. 죽은 잎사귀를 잡아당기면 줄기가 툭 끊어졌죠. 잎줄기. 꽃줄기. 꽃대. 엽축. 햇빛과 시간으로 인해 탄력을 잃고 거무스름해진 노란 고무줄처럼 보이는 꽃줄기들도 있었어요. 꽃잎들이 모두 떨어져 나간 자리에는 조그만 삼각형의 꽃받침 다섯 개가 있었고요. 어쩌면 그런 걸 두고 비늘눈이라 하는지도 모르겠어요. 아닐 수도 있어요. 식물을 들여다볼수록 정확한 이름을 더 많이 알고 싶다고 생각했어요. 꽃줄기는 꽃자루라고도 하는 것 같았어요. 꽃자루가 휘어진 각도는 저마다 제각각이었어요. 꽃잎이 벌어진 정도도 저마다 제각각이었고요. 죽은 꽃들도 있지만 아직 개화하지 않은 꽃들도 있었어요. 그 꽃의 특징은 처음에는 고개를 푹 숙이고 있다가 시간이 지날수록 조금씩 꽃잎을 위로 치켜든다는 거예요. 그래서 피지 않은 꽃과 다 핀 꽃이 서로 정반대의 방향을 가리키게 되죠. 피지 않은 꽃봉오리는 연한 분홍색이었어요. 시간이 지나면서 색이 점점 더 짙어져요. 분홍색에서 자주색으로. 자주색에서 갈색으로. 갈색에서 검붉은 갈색으로. 검붉은 갈색에서 검정에 가까운 색으로. 색의 변화는 꽃이 지는 속도를 가리켜요. 추측이에요. 꽃줄기와 잎줄기는 고구마순을 닮아 있었어요. 길이와 굵기가 다르고, 형태와 색이 유사해요. 나는 고구마순을 본 적도, 먹어본 적도 있어요. 그것의 이름이 고구마순이라고 들었을 때, 나는 그 이름을 의심하지 않았어요. 지금도 마찬가지예요. 고구마순. 아마도 고구마와 순이 합쳐진 말. 순. 순은 연한 싹을 이르는 말이라고 해요. 고구마의 연한 싹. 고구마순이라는 이름. 나는 자주색과 초록색과 흙색이 엉클어진 식물을 바라보며 그것의 이름을 알려고 했어요. 그러니까 이름을 말하라고 했죠. 내 이름. 모든 사물에는 이름이 있어요. 아마 그럴 겁니다. 공간에도 이름이 있어요. 내가 있던 곳은 방이에요. 방은 집 안에 있어요. 그 방도 그 집도 내 것은 아니었어요. 나는 잠시, 일시적으로, 한동안 그 방에서 살았습니다. 방은 집 안에 있었어요. 작다면 작고, 크다면 큰 집이었죠. 그 집에 살게 된 연유에 대해서는 잠시 후, 얼마 후, 조금 뒤에 이야기할게요. 방 안의 사물들은 날마다 조금씩 위치가 바뀌었어요. 어쩔 수 없는 일이었죠. 나는 오전 9시쯤 일어났어요. 일어나서 가장 먼저 하는 일은 커피포트로 물을 끓이는 것이었습니다. 커피포트를 들고, 안에 수돗물을 받고, 다시 커피포트를 내려놓고, 전원 스위치를 올리는 단순한 일련의 동작들이 끝나고 나면, 커피포트는 몇십 초 전과 조금 다른, 어쩌면 전혀 다른 위치에 놓였어요. 커피포트만이 아니었어요. 수저, 접시, 컵, 티스푼. 사물들은 날마다 위치를 바꾸었어요. 내가 바꾼 것이 아니었죠. 어쩌면. 그래도 닳아 없어지지 않는 사물들은 괜찮습니다. 견딜 수 있습니다. 소모성 사물들은 견디기가 힘듭니다. 이를테면 커피. 날마다 커피 가루가 조금씩 줄어들고 있었어요. 치약. 휴지. 비누. 손이 닿는 순간 사라지는 것처럼 보이는 사물들. 치약이 그토록 빨리 닳아 없어지는 물품이라는 것을 나는 새삼 깨달았어요. 처음에는 손톱만큼만 쓰고 있으니 주인이 돌아와도 줄어든 양을 눈치채지 못하리라고 생각했죠. 하지만 2주쯤 지나자 치약의 절반 정도가 줄어 있었어요. 처음에는 이름, 그러니까 상표명이 또렷하게 새겨져 있던 비누도 어느 순간 뚜렷하게 작아져 있었죠. 또렷하게. 뚜렷하게. 주인은 집 안의 물건들을 마음대로 써도 좋다고 했어요. 변기 위에 걸린 작은 장을 열면 새 치약과 비누가 족히 열 개씩은 들어 있었어요. 수건도 열

장쯤 되었을 거예요. 그리고 새 칫솔 세 개. 다용도실에는 두루마리 휴지 두 묶음이 있었어요. 나는 치약 하나를 다 쓰기까지 얼마나 걸릴지 궁금했어요. 한 달, 어쩌면 한 달 반. 하지만 3주 반이 지나자 치약 하나가 사라지고 말았죠. 날마다 미세하게 닳는 칫솔모를 물에 헹굴 때마다 나는 하나의 칫솔이 사용가치를 완전히 잃게 되는 때가 언제인지 궁금했어요. 그러니까 내가 그 집에서 나가야 하는 때가 언제인지. 정확히 언제인지. 정확히. 그 집의 주인은 내가 머무를 수 있는 기간을 구체적으로 알려주지 않았어요. 갑자기 여행을 떠나게 되었는데 집을 오래 비워두기 불안하고 정기적으로 우편물을 받아줄 사람도 필요하다고 했어요. 인터넷 게시판에서 본 광고 글은 단순했어요. 서대문구. 한동안 집이 비게 되어 대신 살아줄 사람 구함. 월세 없음. 석 달 이상 머무를 경우 이후의 공과금을 낼 것. 흡연 가능. 반려동물 금지. 여성일 것. 그리고 전화번호와 이메일 주소가 있었죠. 하루라도 빨리 거처를 찾아야 했던 나는 머뭇거리다 급한 마음에 문자부터 보냈어요. 전혀 모르는 사람의 집이지만 석 달이라도 지낼 수 있다면 좋다고 생각했죠. 잠시 후 답신이 왔어요. 통화하고 싶다고 했어요. 전화가 걸려왔어요. 낮은 여자 목소리였어요. 내게 이름과 나이와 성별을 묻더군요. 내 목소리를 듣고 여자인 걸 알았을 텐데

군이 성별을 묻는 이유를 알 수 없었어요. 아무튼 나는 이름과 나이와 성별을 말해주었어요. 아까 말씀드린 대로 내 이름은 한윤정이에요. 내 이름을 듣더니 상대방이 웃더군요. 피식. 만 스물아홉 살. 여자. 나는 이 세 가지에 더해 이혼을 앞두고 있다고도 말했어요. 그래야 상대방이 조금 더 호의를 베풀 것 같았죠. 아닐 수도 있었어요. 어쨌거나 그는 나를 만나고 싶다고 했어요. 우리는 며칠 뒤에 만났어요. 어느 카페에서였죠. 유리잔 표면에 맺힌 물방울이 하나, 둘, 셋, 그리고 열세 개가 떨어졌을 때 그가 나타났어요. 나는 자리에서 일어섰어요. 우리는 눈을 맞추며 고개를 끄덕여 인사를 교환했어요. 눈높이가 얼추 비슷했어요. 얼추. 그럭저럭. 어쩌면 제법. 나는 어색한 동작으로 차가운 커피를 마셨어요. 그는 내게 온수와 보일러, 세탁기와 전기 오븐 따위의 사용법을 알려주었죠. 나중에 기억이 날 리 없었지만 나는 연신 고개를 주억거렸어요. 어차피 내가 사용하던 물건들과 크게 다를 것도 없었죠. 그는 내가 마음에 든 눈치였어요. 내게 편하게 지내달라고 하더군요. 내내 시선을 다소 내리깔고 있던 내가 그의 얼굴을 슬쩍 올려다보니 딱히 까닭을 찾기 힘든 만족스러운 표정이 보였어요. 하지만 나는 마음을 놓을 수 없었어요. 몇 분 뒤에 몇 달 동안의 내 미래가 결정된다고 생각하니 손바닥이 축축해졌죠. 잠시 침묵.

길어야 1분 정도. 어쩌면 1분이 넘는 침묵. 자기 몫의 커피를 한 모금 마신 그가 내게 물었어요. '식물을 좋아하세요?' 한 번도 생각해보지 않은 질문이었어요. 나는 식물을 길러본 적이 없었어요. 동물도 마찬가지고요. 그러나 길에서 마주치는 개나 고양이를 다정하게 바라보았던 적은 많았지만 식물에 대해서는 그런 적이 없었어요. 나는 거짓말을 했습니다. '네.' 식물을 싫어하지는 않았으므로 딱히 거짓말이라고는 할 수 없었어요. 손바닥이 땀으로 흥건해졌죠. 땀방울 하나, 땀방울 둘. 두 개의 땀방울이 하나로 합쳐졌을 때, 나는 그것을 몇 개의 땀방울이라고 불러야 할지 알 수 없었어요. 나는 고개를 숙였습니다. 그가 피식 웃는 소리가 들렸어요. 그가 이렇게 말했어요. '침대 옆 창가에 화분 하나가 있어요. 죽지 않도록 가끔 물을 주세요.' 나는 고개를 끄덕였어요. 그가 집 주소가 적힌 메모지와 열쇠를 테이블에 올려놓았어요. 그날부터 있어도 된다는 뜻이었어요. 나는 그에게 여행지를 물었어요. 그는 다만 먼 곳으로 간다고만 대답했어요. 나는 더는 묻지 않았어요. 우리가 작별 인사를 하려고 일어났을 때, 그가 멍한 눈빛으로 나를 바라보다 말했어요. "우리, 조금 닮은 것 같지 않나요." 나는 천천히 고개를 끄덕였어요. 천천히. 아주 천천히. 음악 시간에 라르고, 렌토, 아다지오 따위를 배운 기억이 났어요. 라르고와 아다

지오 중 어느 쪽이 더 천천히 연주하라는 뜻이었는지 기억하려고 하는 동안, 테이블에 놓인 열쇠가 테이블의 가장자리와 이루는 각이 눈에 들어왔어요. 20도. 그쯤. 열쇠가 완벽한 직선이 아니었으므로 당연히 정확하지 않은 숫자였죠. 그는 먼저 자리에서 일어났어요. 곧장 공항으로 향한다고 하면서요. 그에게는 아무런 짐도 없었지만 먼저 부쳤거나 어딘가에 맡겨둔 모양이라고 생각했습니다. 나는 커피를 마저 마시고 일어났습니다. 주소가 적힌 종이에 물방울이 튀어 있었지만 글자가 번지지는 않았어요. 지도앱으로 주소를 검색하니 도보 5분 거리라고 하더군요. 집은 찾기 쉬웠어요. 2010년식 다세대주택이었죠. 나는 1996년식, 2003년식, 1999년식, 2005년식 다세대주택에 대해 정확히 알고 있어요. 건축사에 남지 않을 건물들 말이죠. 지상에 주차 공간이 있고 2층부터 주택들이 들어선 건물들. 그러고 보니 그가 주차 공간이 필요하냐고 물었던 기억이 납니다. 나는 필요하지 않다고 대답했었죠. 그의 집은 4층이었어요. 열쇠는 열쇠 구멍에 부드럽게 들어갔고 나는 아무런 문제 없이 집 안으로 들어갔어요. 안에서는 아무런 냄새도 나지 않았어요. 흡연 가능이라는 문구를 봤을 때 담배 냄새가 나겠거니 했는데 정말이지 아무런 냄새도 나지 않더군요. 집은 작았어요. 작은 침실 하나와 작은 주방 겸 거실과 화장실, 그리고 작은 다용도실이 있었어요. 작은 거실 한구석에서 공기청정기가 작동하는 미세한 소리가 나고 있었어요. 가까이 다가가자 빨간 불빛이 켜지더니 큰 소리를 내기 시작하더군요. 내게서 더러운 냄새가 나고 있었나 봐요. 그래서 순간 부끄러워졌습니다. 나는 화장실로 가서 비누를 사용하지 않고 손을 씻었어요. 물기를 바지 앞자락에 닦았죠. 그리고는 집 안을 조심스레 둘러보기 시작했어요. 집주인은 많은 물건들을 남겨두었어요. 그러니까 내가 사용하면 안 될 것 같은 물건들 말이죠. 신발장에는 신발이 가득했어요. 단화와 장화. 샌들과 운동화. 복수의 사물들. 현관 쪽 벽에는 못이 하나 박혀 있었고 그 못에는 검정색 머플러가 걸려 있었죠. 머플러 냄새를 맡았던 기억이 납니다. 아무런 냄새도 나지 않았던 기억이 납니다. 마음이 놓였어요. 적어도 석 달은 편하게 지낼 수 있을 것 같았어요. 이혼에 관한 이야기는 자세히 하지 않겠습니다. 어쨌거나 나는 갈 곳이 없었어요. 급박한 처지에 놓인 사람에게, 특히 그 사람이 여자라면, 도움을 베푸는 사람들이 생각보다 많지는 않아요. 침실의 옷장에도 옷이 가득했어요. 가볍고 따뜻하게 보이는 외투가 여러 벌 걸려 있었어요. 나로서는 한 번도 입어보지 못한 고급 옷들이었지만 그것들이 고급이라는 건 알 수 있었어요. 옷감의 매끄러운 감촉이 기억나네요. 검정색. 회색. 흰색 블라우스들. 그리고 자주색, 하늘색, 갈색, 회색, 검정색 따위의 치마들. 옷장 문을 닫은 뒤 집 안의 고요함에 놀라 나지막이 한숨을 내쉬었던 기억이 납니다. 내 움직임으로 인해 먼지 몇 점이 부유하던 것이 기억이 납니다. 햇빛 속 먼지들. 먼지 하나, 먼지 둘. 햇빛. 창문. 나는 창문을 열었어요. 차가운 겨울 공기. 약간의 매캐한 냄새. 그의 말대로 창가에 작은 화분 하나가 있었어요. 자주색, 녹색, 분홍색, 노란색, 흰색, 연두색, 혹은 이 모든 색이 뒤섞인 색. 싱싱한 꽃들이 가득 피어 있었죠. 하나, 둘, 셋, 그리고 열둘, 열셋, 열넷. 나는 꽃잎을 가만 만져보았어요. 어린아이의 피부 같았죠. 한 번도 폭력을 경험해보지 않은, 어쩌면 아직 태어나지도 않은 아이의 피부처럼 부드러웠어요. 하지만 나는 그 식물의 이름을 알지 못했어요. 그가 내게 식물을 좋아하냐고 물었다고 했죠. 나는 그렇다고 대답했고요. 그 짧은 대화만으로도 충분히 당황했던 나는 내가 돌봐야 할 식물의 이름을 묻지 않았어요. 얼마나 자주, 혹은 드물게, 혹은 적당하게 물을 주어야 하는지, 어느 정도의 물을 주어야 하는지, 어느 정도의 햇빛에 노출시켜야 하는지, 12월 중순이었으니 곧 사나운 추위가 몰아닥칠 텐데 화분을 실내에 들여놓아야 하는지, 내가 돌봐야 할 식물이 겨울 식물인지, 나는 알지 못했어요. 겨울에 꽃을 피웠으니 겨울 식물일 거라고 짐작했을 따름이죠. 겨울 식물. 겨울에 꽃을 피우는 식물. 식물의 이름. 나는 휴대폰으로 겨울 식물을 검색했어요. 하지만 식물의 이름을 알 수 없었죠. 검색어가 잘못되었는지 쓸 만한 정보가 나오지 않더군요. 동백나무. 거베라. 베고니아. 미니 장미. 전부 눈앞의 식물과는 다른 모습이었어요. 잎사귀들을 헤치고 표면의 흙을 만져보았어요. 촉촉했습니다. 차갑고 촉촉했어요. 그가 떠나기 전에 물을 준 거예요. 아닐 수도 있겠지만. 사납지 않은 바람이 불었고 식물의 꽃대가 흔들렸어요. 파르르. 파르르. 흔들렸어요. 그 모양을 파르르라고 표현하는 것이 맞을 거예요. 그럴 거예요. 그 후로 나는 일주일 동안 식물에 물을 주지 않았어요. 실은 잊어버렸어요. 첫날은 식물의 상태를 확인하고 창문을 닫자마자 그대로 침대에 누웠다가 그만 잠들어버렸어요. 스르륵. 까무룩. 어느새. 푹. 일어나니 다음 날 아침이었고 아까, 조금 전, 몇 분 전에 말한 대로 커피포트로 물을 끓였어요. 커피를 마시기 위해서였죠. 인스턴트 커피 한 통이 싱크대 위에 놓여 있었어요. 새것이었습니다. 찬장을 열어보니 비닐 포장을 벗기지 않은 홍차와 녹차가 한 상자씩, 설탕과 소금 통이 있었어요. 설탕 통을 열어보니 오랫동안 쓰지 않은 듯 군데군데 덩어리가 져 있었어요. 설탕 하나, 설탕 둘. 각설탕이었다면 마음이 편했을 거예요. 조금 더 쉽게, 조금 더 기만적으로 개수를 셀 수 있었을 테니까요. 커피 알갱이 하나, 커피 알갱이 둘. 백 개의 커피 알갱이를 녹이면 그럭저럭 마실 만한 블랙커피가 되더군요. 물에 녹아 형체가 사라져버린 커피 알갱이의 개수를 어떻게 셀 수 있을지 궁금했어요. 물에 녹아 형체가 사라져버린 설탕 알갱이의 개수를 어떻게 셀 수 있을지 궁금했어요. 그는 내가 편히 지냈으면 한다고, 내가 편히 지낼수록 자기도 기쁠 거라고 말했어요. 그는 내 사정에 대해서는 전혀 묻지 않았지만 나로서는 그가 내 입장을 헤아려주는 거라고 생각했죠. 나는 일주일 동안 멍하니 지냈어요. 첫날 커피를 마시고 근처 슈퍼마켓에서 간단히 장을 봤어요. 참치캔. 옥수수캔. 조미김. 김치. 그런 것들을 샀을 거예요. 그 집에는 쌀이 있었어요. 그다지 묵은쌀처럼 보이지는 않았어요. 쌀알 하나, 쌀알 둘. 처음에는 망설였지만 이내 쌀을 씻어 밥솥에 안쳤죠. 허기가 급했거든요. 그가 돌아오기 전에 쌀통을 채우면 될 거라고 생각했어요. 치약이니 수건이니 마음대로 써도 좋다고 했으니 고작 쌀 몇 줌을 못 먹을 건 없다고 생각했어요. 실은 쌀이나 치약 따위만이 아니었어요. 침대 옆에 조그만 화장대가 있었어요. 작은 테이블과 작은 거울과 작은 의자로 이루어진 화장대였죠. 미처 가지고 가지 못했는지 거울 앞에 파우더며 립스틱, 마스카라

와 크림 등이 놓여 있었어요. 새것처럼 보이지는 않았어요. 거울 앞에 앉아서 조심스레 파우더 뚜껑을 열었어요. 기분 좋은 향이 나더군요. 강하지 않은, 섬세한, 어디선가 맡아본 적 있는 꽃향기였어요. 하지만 나는 곧장 뚜껑을 닫아버렸죠. 전에 살던 집에서 나와야만 했을 때 내가 쓰던 화장품을 챙길 시간이 없었어요. 속옷 몇 벌과 휴대폰, 휴대폰 충전기, 지갑 정도만 챙기기에도 바빴죠. 그런 물건들이 담겨 있었던 내 핸드백이 침실 문고리에 걸려 있었어요. 화장품은 쓰지 말자고 나는 생각했어요. 누군가가 내 화장품을 몰래 쓴다면 기분이 나쁠 것 같았거든요. 게다가 파우더의 입자를 어떻게 셀 수 있을지 알 수도 없었고요. 파우더. 가루. 알갱이. 입자. 파우더 뚜껑을 닫을 때 가루가 조금 날렸어요. 그 생각을 하면 지금도 눈물이 날 것 같아요. 왜. 모르겠어요. 그렇게 부드럽게, 무게 없이, 개수를 셀 수 없게 하는, 손끝으로 문지르면 사라져버리고 마는 사물이 또 있을까요. 마치 한 번도 존재하지 않았던 것처럼, 아니, 존재했지만 존재하지 않게 되더라도 아무런 상실감도 느끼지 못하게 하는 사물이 또 있을까요. 나는 내가 잃어버린 것을 생각했어요. 존재했다가 존재하지 않게 된 것을 생각했어요. 사라진 다음의 무게가 더 크게 느껴지는 것을 생각했어요. 그리고 눈을 크게 감았다 떴어요. 거울 속에 피로하고 늙은 얼굴이 있었죠. 그는 왜 내가 자신과 닮았다고 했을까요. 그는 나보다 열 살쯤 젊어 보였어요. 화장을 해서인지 얼굴에 잡티 하나 보이지 않았어요. 물론 나는 내내 눈을 내리깔고 있었으니까 그의 얼굴을 자세히 뜯어보지는 못했죠. 하지만. 그렇지만. 그래도. 어쩌면 그의 태도 때문이었는지도 몰라요. 자신이 나의 석 달 동안의 미래를 결정할 수 있다는 것을 알고 어떤 여유를 느꼈는지도 모르죠. 그가 나를 거절할 수도 있었어요. 통화 후 우리가 만나기까지 일주일 동안 나 말고 다른 후보들을 여럿 만났을지도 몰라요. 나는 질투를 느끼는 동시에 우쭐해졌어요. 왜. 나는 립스틱 뚜껑을 열었다 닫았어요. 다홍색. 자주색. 분홍색. 혹은 그 모든 색이 섞인 색. 립스틱 아래쪽에 DOLCE VITA라고 적혀 있었어요. 그 모든 색이 섞인 색의 이름. 검정색 플라스틱 케이스에 내 지문이 묻었어요. 바지 앞자락에 문질러 닦았죠. 그리고 다시 지문이 묻지 않도록 조심스레 제자리에 놓았던 기억이 납니다. 분명 처음과는 조금, 어쩌면 매우 다른 자리였겠죠. 나는 그런 식으로 일주일쯤 살았어요. 극도로 조심하면서요. 왜인지는 모르겠지만 그 집에서 나와야 할 때 처음부터 존재하지 않았던 사람처럼 아무런 흔적도 남기면 안 된다는 느낌이 있었어요. 그런 걸 강박이라고 하는지도 모르겠어요. 그렇게 일주일이 지났을 때, 옷장

위에 있던 쿠션이 눈에 들어왔어요. 그 집에는 소파가 없었어요. 식탁 겸용으로 쓰는 책상 앞의 나무 의자 하나가 전부였죠. 그 쿠션을 슬쩍 꺼내 써도 되겠다는 생각이 들었어요. 벽에 쿠션을 붙이고 기대어 앉으면 무척 편할 것 같았죠. 그래서 나는 발돋움을 하고 쿠션을 꺼냈어요. 그런데 뭔가가 같이 딸려 나오는 거예요. 우수수. 우수수. 바닥에 마른 꽃다발이 떨어졌어요. 툭. 바싹 마른 꽃잎이 맥없이 바스라지는 소리가 났어요. 아주, 대단히, 매우, 무척 짧은 순간이었지만 꽃잎이 먼지처럼 부스러지고 꽃대가 죄다 부러지기에는 충분했죠. 나는 겁에 질렸어요. 갈색. 적갈색. 녹색이 비치는 갈색. 그런 색들에게도 전부 이름이 있을까요. 녹색과 갈색의 경계를 이루는 색은 뭐라고 불러야 할까요. 그런 색에게도 이름이 있을까요. 나는 그대로 주저앉아 한동안 망가진 꽃다발을 바라보았어요. 그걸 되돌릴 수 있는 방법은 없었어요. 쌀은 채워놓으면 되고 치약은 새것을 사다 놓으면 돼요. 하지만 마른 꽃다발은 어떻게 해야 좋을지 알 수가 없었어요. 나는 먼지처럼 변해버린 꽃다발을 그러모았어요. 아니, 그것을 더는 꽃다발이라고 부를 수 없었어요. 그건 먼지였어요. 먼지 하나, 먼지 둘. 그건 어떤 의미를 지닌 사물이었을까요. 장미는 아니었어요. 백합이나 튤립도 아니었어요. 분명 내가 알지 못하는 꽃이었어요.

어차피 장미나 백합이나 튤립의 꽃말도 몰랐으니까 그 꽃의 꽃말도 알 수 없었어요. 그러니까 그 꽃이 상징하는 것도 알 수 없었어요. 나는 눈물을 흘렸어요. 뚝뚝. 눈물방울 하나, 눈물방울 둘. 눈물이 가루가 된 꽃과 뒤섞여 도저히 셀 수 없는 것이 되었어요. 나는 꽃의 잔해를 모으고 바닥에 생긴 얼룩을 닦으면서 이건 쓰레기라고, 그러니까 버려야 할 것이라고 생각했어요. 눈물과 꽃이 섞이면 쓰레기가 된다는 걸 그때 안 거예요. 이미 죽은 꽃이 다시 죽었다는 생각이 든 순간, 침대 옆 창가에 놓인 식물이 기억났어요. 쓰레기를 치우다 말고 황급히 창문을 열었죠. 식물은 반쯤 죽어 있었어요. 혹은 그런 것처럼 보였어요. 절반의 분홍색과 자주색과 녹색. 더 많은 갈색과 검붉은 갈색. 검붉음. 견딜 수가 없었습니다. 내가 식물을 방치하고 있었다는 죄책감이 들었습니다. 그러니까 나는 아무도 죽일 수 없는 사람이에요. 정말입니다. 나는 딱 한 번 식물을 죽인 적이 있어요. 어머니가 남긴 식물이었어요. 어머니가 남겼다기보다는 식물보다 먼저 어머니가 세상을 떠났던 거예요. 어머니의 다른 사물들은 이미 죽었거나 죽지 않는 것들뿐이었어요. 나를 제외하면 그 식물이 유일하게 죽음을 앞두고 있었죠. 나는 그 식물을 방치했어요. 잎이 넓은 식물이었는데 그것의 이름을 아직도 모릅니다. 처음에는 초록색이던

잎이 날이 갈수록 노랗게 변하더군요. 더 이상 노래질 수 없게 되자 하얗게 변하더군요. 그러더니 검어졌고 완전히 검어진 후에는 옆으로 쓰러지고 말았어요. 아주 천천히. 라르고. 혹은 아다지오. 어쩌면 그 사이의 속도로. 눈에 보이지 않는 속도로. 그 식물은 두 달에 걸쳐 죽었어요. 그때 나는 아무런 죄책감도 느끼지 않았어요. 내 잘못이 아니었어요. 어머니는 나보다도 식물을 걱정하는 사람이었고 어머니가 남긴 거의 유일한 유산을 죽이면서 내가 어떤 쾌감을 느꼈는지도 모르겠어요. 나는 거짓말을 하고 있어요. 아니에요. 실은, 그러니까 실은 생각나는 대로 말하고 있는 거예요. 나는 사실을 제외한 모든 것을 말할 수 있어요. 그러면 어떤 사실이 말없이 드러날 수 있지 않을까요. 이름을 제외한 모든 것을 말할 수만 있다면, 굳이 이름을 말하지 않아도 좋지 않을까요. 이름을 붙여줄 시간도 없이, 이름을 불러줄 시간도 없이 사라진 것을 나는 생각해요. 내가 너무 많이 말하고 있나요. 내가 지나치게 많이 말하고 있나요. 그래도 들어야 해요. 이것은 처음이자 마지막이고 마지막이자 처음이기 때문입니다. 나는 진실만 말하고 있어요. 사실입니다. 그 식물은 죽었어요. 죽은 것이 확실했어요. 화분의 흙은 집 앞 화단에 쏟아버렸고 도기 화분은 재활용 센터에 갖다 버렸고 죽은 식물은 쓰레기봉투에 넣어 버렸어요. 그러면 모든 것이 정리될 수 있을 거라 생각했는데 아직도 기억이 생생한 걸 보니 아닌가 보네요. 아닐 수도 있죠. 나는 그가 돌봐달라고 부탁한 식물에 물을 주었어요. 꽃잎이나 잎사귀에 물이 직접 닿으면 안 될 것 같아 낮게 자리한 잎사귀 사이로 컵에 담은 물을 조심스럽게 흘려 부었어요. 순간적으로 꽃과 잎의 색이 진해진 것 같다는 기분이 들었죠. 착각이었을 거예요. 그랬더니 갑자기 화가 나기 시작했어요. 분노가 치밀었죠. 그는 왜 내게 식물을 부탁했을까요. 나는 내 몸도 제대로 건사하지 못하는 사람인데요. 내 인생도 제대로 돌아가게 하지 않는 사람인데요. 내 것이 아닌 생명을 죽어가도록 방치한 사람인데요. 나는 가만히 식물을 노려보았어요. 식물은 말이 없었고 그건 식물의 유일한 장점이었죠. 그 후로 나는 마음이 편해졌어요. 이유는 알 수 없었죠. 그래도 그의 물건들에는 가능한 손을 대지 않으려고 했어요. 다만 소모성 사물들만을 마음껏 쓰고 필요하다면 똑같은 것을 사다 놓기로 했죠. 그렇게 마음을 먹으니 마음이 놓이더군요. 나는 하루에 한두 번 외출했어요. 주로 소소하게 장을 보기 위해서였죠. 그의 집에 내 물건들이 놓이기 시작했어요. 그러니까 음식들 말이에요. 된장국을 끓이려고 멸치와 두부와 된장 따위를 샀어요. 간장과 김치도 필요하더군요. 쌀을 사지는 않았어요. 나중에 채워

넣으면 된다고 생각했으니까요. 그러면서 휴대폰을 꺼두는 때가 많아졌어요. 전남편에게서 가끔, 혹은 자주 문자나 전화가 날아왔고 그러면 견딜 수가 없었거든요. 외출할 때마다 1층 우편함을 확인했어요. 보름쯤 지났을 때 건강보험공단에서 보낸 고지서가 들어 있더군요. 처음에는 손대지 않았어요. 하지만 다음 날이 되자 분실될까 걱정되었고 그걸 꺼냈어요. 그의 이름은 한은정이었어요. 한은정이 그 사람이 맞다면요. 생각해보니 내 이름과 비슷하군요. 어쩌면 그래서 그가 나를 자신과 닮았다고 했는지도 모르겠어요. 봉투에 '본인 외 개봉 금지'라고 적혀 있었어요. 그 문구가 아니었더라도 봉투를 뜯지는 않았을 거예요. 나는 고지서를 신발장 옆에 두었어요. 그 위로 내 것이 아닌 우편물들이 쌓이기 시작했어요. 백화점 화장품 매장에서 보낸 엽서도 있었어요. 엽서였으므로 나는 내용을 읽을 수 있었어요. 꼭 그러려고 한 건 아니에요. 엽서에는 구체적인 기간에 매장을 방문하면 화장품 샘플을 준다고 적혀 있었어요. 나는 피로하고 늙은 내 얼굴을 떠올렸고 순간적으로 대신 샘플을 받으러 가야겠다고 생각했어요. 처음에는 실행에 옮기지 않았어요. 그러면 안 된다고 생각했으니까요. 하지만 그런 엽서가 제법 많이 왔어요. 그러니까 열다섯 장이나 열여섯 장쯤 왔을 거예요. 왜 정확한 숫자가 기억나지 않을까요. 나는 항상 개수를 세는 사람인데요. 어쩌면 열번째 엽서를 받았을 때 전철까지 타고 백화점으로 가서 샘플을 받았기 때문일 거예요. 점원이 이름을 묻기에 머뭇거리다 한은정이라고 했어요. 엽서를 보여주자 더 이상의 질문 없이 샘플 세 개를 내주더군요. 그걸 받아 핸드백에 넣는데 심장이 두근거렸어요. 기한을 넘기면 받을 수 없는 샘플이었어요. 그러니까 내가 대신 받아서 써도 괜찮은 거였다고요. 정말이에요. 매장에서 나오기 전에 테스터라고 적힌 크림 한 통을 슬쩍 집어 가격을 확인했어요. 점원이 다른 손님을 응대하고 있더군요. 그 틈을 타서 뚜껑을 열고 내용물을 손바닥에 조금 덜었어요. 손바닥의 땀. 손바닥의 크림. 땀과 크림. 땀과 크림이 섞이면서 악취가 나는 것 같았어요. 나는 황급히 백화점을 나와 집으로, 그러니까 그의 집으로 돌아왔어요. 집에 들어서자마자 손을 닦았죠. 손을 닦았는데도 땀과 크림과 비누가 뒤섞인 미세한 냄새가 났어요. 그런 냄새에도 이름이 있을까요. 내게는 의미나 상징이 필요한 게 아니에요. 내게는 이름이 필요해요. 구체적인 이름이. 존재하는 모든 것을 가리킬 수 있는 이름이. 모든 것의 모든 이름이. 나는 집 안을 둘러보았어요. 여전히 공기청정기가 돌아가고 있었어요. 그럼에도 먼지 몇 점이 부유하고 있었어요. 내가 모든 것의 개수를 세려고 하게 된 이유가 그때 처음으로 궁금해졌어요. 그러니까 내가 처음부터, 그 처음이 언제인지는 모르겠지만, 늘 개수를 세고 다니지는 않았던 거예요. 존재하다 존재하기를 그만둔 것을 어떻게 불러야 할지 몰랐을 때부터 셀 수 없는 것들을 세려고 하고 이름 붙일 수 없는 것의 이름을 알려고 했던 거예요. 나는 휴대폰을 켜고 그에게 문자를 보냈어요. 안부 문자였어요. 실은 안부를 물으면서 언제 돌아올 예정인지도 물으려고 했던 거예요. 한데 문자가 전송되지 않더군요. 전송에 실패했다는 알림을 받았어요. 없는 번호라는 거였어요. 그가 외국으로 간 거라면, 그래서 오랫동안, 당분간, 몇 달쯤, 한국 전화번호를 사용하지 않는다면 번호를 없앴을지도 모른다고 생각했어요. 합당한 생각이었죠. 나는 쿠션에 등을 기대고 바닥에 앉아 휴대폰으로 뉴스를 읽었어요. 오랜만에 읽는 뉴스였죠. 딸을 폭행한 부모. 주말까지 대체로 맑고 건조. 중부고속도로에서 삼중 추돌 사고. 전세난에 모텔 전전하는 가족. 경기도 한 야산에서 신원 미상의 여자 사체 발견. 파리에서 소요 사태. 볼리비아 지진. 나는 그가 어디 있을지 알고 싶었어요. 그가 파리에서 성난 군중 사이에 휘말리거나 볼리비아에서 일어난 강진으로 인해 발이 묶인 모습을 상상했어요. 아니, 어쩌면 상상이 아니었을 거예요. 그렇게 믿고 싶었을 거예요. 그가 파리에서 성난 군중

84

사이에 휘말려 머리가 깨졌거나 볼리비아에서 일어난 강진으로 인해 다리가 부러졌기를 바랐을 거예요. 그래서 내가 그의 집을 내 것으로 할 수 있도록, 그가 영원히 돌아오지 않게 되어 내가 영원히 돌아가지 않을 수 있도록. 나는 그때부터 그의 물건들을 조금씩 사용하기 시작했어요. 그러니까 치약이나 커피만이 아니라 향수와 스웨터와 외투와 구두를 사용하기 시작했죠. 그의 옷들은 맞춘 것처럼 내게 꼭 맞았어요. 실크 블라우스의 서늘한 감촉. 신발 치수도 같더군요. 가벼워서 신은 것 같지도 않던 가죽 단화의 느낌. 그쯤 되자 그가 나를 고르고 골랐다는 생각이 들었어요. 자기 집에서 대신 살아줄 사람. 자기 물건을 대신 사용해줄 사람. 자기가 되어줄 사람. 간신히 꿰어 신고 나온 내 신발은 이미 낡아 있었고 본격적인 겨울이 시작되면서 가까운 슈퍼에 갈 때에도 두꺼운 외투가 꼭 필요했어요. 그러니까 치약이나 휴지처럼 필요했기 때문에 사용한 거예요. 향수나 화장품도 마찬가지예요. 샘플은 며칠 지나기도 전에 바닥이 났어요. 나는 내게서 악취와 늙음을 지우고 싶었어요. 나라면 내 집에 들어와 사는 사람이 세련되고 깔끔하기를 바랄 테니까요. 그래서였어요. 정말이에요. 식물에게는 이틀이나 사흘에 한 번씩 물을 주었어요. 꽃대 하나가 사그라들면 다른 꽃대 하나가 고개를 치켜들더군요. 두 달이 지나고 식물은 살아 있었어요. 나는 하던 대로 하면 될 거라고 생각했어요. 표면의 흙을 만져보고 건조한 느낌이 들면 물을 주는 방식이었죠. 모르는 사이 새해가 지나갔고 나는 서른한 살이 되었어요. 가끔 휴대폰을 켜고 전남편의 문자를 확인했어요. 분노와 욕설로 가득한 문자들이었죠. 나는 한 번도 답장하지 않았어요. 전남편은 내가 어디 있는지 알지 못했어요. 처음에는 법적으로 이혼 절차를 밟을 생각이었어요. 하지만 영원히, 정말로 영원히, 전남편이 나의 소재를 모른다면, 모를 수밖에 없다면, 이대로도 괜찮으리라는 생각이 들었죠. 내게는 얼마간의 돈이 있었고 그걸 다 쓰기 전에 간단한 일자리를 구할 생각이었어요. 기왕이면 화장품 매장에서 일하고 싶었죠. 내 식단은 점차 풍부해졌어요. 두부와 콩나물. 고춧가루와 멸치액젓. 애호박과 감자. 커피 한 통을 다 비워서 같은 걸로 한 통을 더 샀고요. 치약도 열 개를 새로 사다가 변기 위의 장에 차곡차곡 넣었어요. 사흘에 한 번씩 수건을 세탁했고 바닥에 쌓이는 먼지도 매일매일 닦았어요. 신발장 옆 고지서 더미가 나날이 높아졌고 그에게서는 여전히 아무런 연락도 없었죠. 그가 부탁한 식물은 좀처럼 죽지 않았어요. 물만 주면 사는 것이 기특하고 신기했죠. 식물의 이름이 궁금할 때가 있었어요. 정말이에요. 하지만 그 집에서 지낸 지 석 달이 다 되어가고 있었고 나는 초조한 동시에 정체를 알 수 없는 기대감을 느꼈어요. 그가 다시는 돌아오지 않을 것 같았죠. 아무런 근거도 없는 희망이었지만 나를 기만적으로 안심시키기에는 충분했어요. 그리고 내 바람대로 이루어졌어요. 그는 아직도 돌아오지 않았지요. 석 달이 지나고 어느 날 아침, 일요일이었어요. 잠에서 깨어보니 엉덩이 밑이 축축했어요. 놀라서 일어나보니 시트에 피가 묻어 있더군요. 반년 가까이 생리가 없었는데 다시 시작된 거였어요. 변기 위에 걸린 장에는 생리대도 들어 있었어요. 다른 물건들을 조금씩 쓰는 동안 한 번도 손대지 않았던 물건이었죠. 생리대 세 팩. 대략 석 달 치. 속옷은 싱크대에서 비벼 빨았어요. 시트도 벗겨서 세탁기에 넣었고요. 그런데 매트리스에 묻은 피는 어떻게 해야 좋을지 알 수 없었어요. 매트리스 한가운데 커다란 핏자국이 배어 있었죠. 걸레에 물을 적셔 힘껏 닦아봤지만 흐린 얼룩만 더 커질 뿐이었어요. 걸레질을 하다 지쳐 시트를 벗긴 매트리스 위에 망연히 앉았죠. 유리창을 반쯤 가린 커튼 뒤로 그 식물이 보였어요. 나를 노려보고 있는 것 같았죠. 나는 커튼을 닫았어요. 방이 조금 어두워졌고 꼭 그만큼 매트리스에 남은 얼룩도 어두워졌어요. 빨간색. 붉은색. 적색. 갈색. 검붉은 갈색. 검정색. 혹은 그모든 색이 뒤섞인 색. 매트리스는 흰색이었지만 흰색이 마치 그림자처럼 보이기도 한다는 건 그때 처음 알았습니다. 생리대 포장을 뜯으면서 나는 그가 영원히 돌아오지 않기를 바랐어요. 서랍장에 들어 있던 여분의 시트를 덮어 핏자국을 가리면서 나는 그가 영원히 돌아오지 않기를 진심으로 바랐어요. 나는 그의 책상 서랍을 하나씩 열어보았어요. 그전에는 감히 엄두를 내지 못했죠. 옷장이나 찬장보다는 훨씬, 무척, 매우, 아주 사적인 것이라는 생각이 들었거든요. 하지만 이제는 괜찮다는 생각이 들었어요. 그 집의 주인은 이제 나였어요. 정말이에요. 책상 서랍에는 별다른 물건들이 들어 있지 않았어요. 클립 하나, 클립 둘. 펜 하나, 펜 둘. 향초 하나, 향초 둘. 메모지 하나, 메모지 둘. 전부 개수를 셀 수 있는 사물들이었어요. 쉽게. 아주 쉽게. 서랍은 모두 세 칸이었어요. 마지막 칸을 열었을 때 지갑이 보이더군요. 그가 사용할 것 같지 않은 지갑이었어요. 싸구려처럼 보였거든요. 아마 나일론 재질이었을 거예요. 실밥이 풀어진 자리가 있더군요. 나는 지갑을 열었습니다. 그 안에는 천 원짜리 지폐 일곱 장과 10원짜리 동전 두 개, 백원짜리 동전 하나, 그리고 운전면허증이 들어 있었어요. 그의 얼굴. 그의 이름. 그의 생년월일. 그의 주소. 한은정. 생일은 달랐지만 생년은 같았죠. 그와 나는 동갑이었어요. 그의 말대로 우리는 제법, 꽤, 많이 닮아 있었죠. 조금 닮은 게 아니었어요.

내가 그의 신분증을 쓰며 살 수도 있겠다고 생각했어요. 순간이었죠. 아마 그런 순간을 찰나라고 할 거예요. 그의 신분증으로 새 휴대폰을 개통하고, 새 은행 계좌를 개설하고, 새 일자리를 구할 수도 있겠다고 생각했어요. 제대로 찾아간다면 그의 은행 계좌를 쓸 수도 있겠다고 생각했어요. 나는 그의 지갑을 내 핸드백에 넣었어요. 하지만 넣자마자 꺼내서 그의 핸드백에 넣었죠. 그의 핸드백은 내 것보다 고급품이었어요. 은행에 갈 때 고급 핸드백을 들어야겠다고 생각했죠. 하지만 실행에 옮길 생각은 아니었어요. 상상하는 것만으로도 즐거운 순간이 있잖아요. 그뿐이었어요. 핸드백을 옆에 내려놓고 쿠션에 기대어 바닥에 앉았어요. 신발장 옆에 쌓인 우편물 더미가 눈에 들어오더군요. 석 달이 지나자 우편물이 꽤 높이 쌓여 있었어요. 나는 그를, 그러니까 한은정이라는 사람을 좀더 잘 알고 싶었어요. 정말이에요. 그래서였어요. 그래서 나는 맨 위에 놓여 있던 국민건강보험공단의 고지서를 뜯었어요. 고지서라고 생각했는데 건강검진을 받으러 오라는 안내문이었죠. 시일이 지나 있었어요. 아쉽다고 생각했어요. 그래서 다른 봉투를 뜯었어요. 카드 회사에서 보낸 우편물이었죠. 그 안에는 신용카드 연체금을 빨리 납부하라는 독촉장이 들어 있었어요. 천이백삼십오만구천육백구십팔 원. 나는 그 숫자를 지금도 정확히 기억해요. 대조해도 오차가 없을 거예요. 갑자기 심장이 뛰었어요. 다시 봉투를 살펴보니 한은정이라는 이름이 또렷하게 적혀 있었죠. 뚜렷하게. 그래서 나는 천천히 모든 우편물을 개봉하기 시작했어요. 신발장 옆에 쪼그리고 앉아서요. 3백만 원의 건강보험료가 밀려 있더군요. 사이마다 압류 예고장도 있고요. 쌓인 순서대로 우편물을 개봉했기 때문에 봉투를 뜯을수록 밀린 보험료 액수가 줄어들었어요. 그 전까지는 라르고와 아다지오만 기억났을 뿐인데, 이제 크레셴도와 데크레셴도라는 말도 배웠던 기억이 나더군요. 줄어드는 금액. 증가하는 불안과 초조와 허기와 패배감. 갑자기 허탈해졌어요. 나는 한은정으로 살 수 없었어요. 나는 그 사람이 될 수 없었어요. 그 고지서들이며 독촉장에 적힌 숫자들을 나로서는 감당할 수 없었어요. 그리고 불안해졌죠. 집달리라는 말을 들어본 적이 있어요. 집달리들이 찾아와 이 집의 모든 물건에 압류 딱지를 붙일지도 모른다는 생각이 들었어요. 그때나 지금이나 나는 그런 절차에 대해 잘 모릅니다. 실제로 내가 그 집에 있는 동안 집달리들이 찾아오지도 않았고요. 나는 커피를 마시려고 포트에 물을 끓였어요. 물이 끓는 소리가 점점 더 크게 들렸어요. 그리고 전원 버튼이 움직이는 소리가 났죠. 달칵, 하고. 물이 다 끓어서. 달칵. 그리고 덜컥. 석 달 동안 커피포트가 얼마나 많이 움직였을지 생각했어요. 얼마나 많이 제자리를 잃었을지. 제자리는 어디였을지. 겉보기에 커피포트는 늘 제자리에 있었어요. 하지만 나는 알고 있었어요. 그 집의 모든 사물은 다 제자리를 벗어나 있었어요. 나 때문에요. 내가 그 집 안에 존재했기 때문에요. 그러니까 그 집의 모든 사물은 날마다 제자리에 놓였어요. 내가 정한 자리였어요. 내가 놓은 자리였어요. 한은정이 아니라 한윤정이 놓은 자리였다고요. 나는 그가 했던 말, 그가 보여준 표정, 그의 태도, 자세, 몸짓 따위를 하나씩 하나씩, 하나씩 둘씩, 또렷하게 기억해내려고 했어요. 그가 왜 나를 이 집에 들인 것인지, 왜 우리가 닮았다고 했는지, 왜 내게 식물을 부탁했는지, 그러면서 이 모든 것이 내게 어떤 의미인지, 어떤 상징인지 알아내려고 했어요. 의미 하나, 의미 둘. 상징 하나, 상징 둘. 노란 장미는 질투를 나타낸다는 말을 들은 적이 있어요. 빨간 장미는 욕망과 사랑을 나타낸다는 말도 들은 적이 있죠. 하지만 내가 아는 꽃말은 그게 전부였어요. 게다가 나는 그가 부탁한 식물의 이름을 알지 못했어요. 그래서 그 식물의 꽃말도 알지 못했어요. 그래서 그 식물이 무언가를 상징하는 거라면, 대체 그 상징이 무엇을 의미하는지도 알 수 없었어요. 그래서 나는 식물을 방치하기로 했어요. 식물을 죽이기로 한 거죠. 그가 돌아오더라도 내게

따지지는 못할 거라고 생각했어요. 그렇게 믿었어요. 매트리스에는 내 핏자국이 묻어 있었어요. 지우려고 해봤지만 지워지지 않았죠. 나는 노력했어요. 나를 집에 들인 건 그 사람이었고요. 그러니까 처음부터 그는 나를 집에 들이지 말았어야 했어요. 나중에 가서 나를 처음부터 존재하지 않았던 사람 취급할 수는 없는 거라고요. 나는 어느 시점부터 그 집 안에 존재하기 시작했고 그러면 계속해서 존재할 수 있는 거예요. 존재해야만 하는 거고요. 내가 잃은 것만으로도 진절머리가 나요. 나는 나를 또 잃을 수 없었어요. 나는 식물에 물을 주지 않았어요. 바라보지도 않았고요. 잊으려고 했어요. 식물을 죽은 채로 존재하게 하고 싶었어요. 정말이에요. 그는 아무런 연락도 해오지 않았어요. 어쩌면 그는 볼리비아에 갔다가 지진을 만나 크게 다쳤거나 어쩌면 죽었는지도 모르죠. 어쩌면 여행을 떠나지 않았는지도 몰라요. 한강에서 날마다 발견되는 신원 미상의 사체들 중에 그가 있는지도 몰라요. 그쪽을 알아보세요. 나는 그 집에서 아늑하게 살고 있었어요. 다만 그 아늑함을 석 달 이상 유지하고 싶었을 뿐이에요. 나는 한은정이 아니에요. 그래요. 생각났어요. 우유니 사막. 전에 텔레비전에서 본 적이 있어요. 볼리비아에 소금 사막이 있대요. 그때 나는 무심코 눈물을 흘렸어요. 눈물방울 하나, 눈물방울 둘. 우유니라는 단어 안에 우유라는 단어가 들어 있어서였어요. 우유. 어떤 존재는 우유를 마실 수 없어요. 우유를 마시기 전에 사라지고 마니까요. 없는 것. 없는 것. 없는 존재. 그래요. 그 존재는 지금 존재하지 않아요. 나는 식물을 생각할 때마다 분노가 치밀었어요. 어떤 존재는 죽고 나면 사라지는데, 그 식물은 죽어서도 죽은 채로 존재할 테니까요. 갈색, 주홍색, 노란색, 연두색, 녹색, 모래색, 흙색, 분홍색, 자주색, 혹은 그 모든 색이 뒤섞인 색. 나는 식물의 색을 지금도 또렷하게 기억하고 있어요. 또렷하게. 자주색과 분홍색이 점차 사라지던 것도. 갈색이 검붉은 갈색으로 변해가던 것도. 엽축과 화뢰라는 단어도. 나는 식물에 최선을 다했어요. 정말이에요. 그러다 방치했을 뿐이죠. 그리고 식물이 죽었는지 살았는지도 모르게 되었다고 생각하던 어느 날 아침, 당신들이 찾아왔죠. 내게 한은정이냐고 물었죠. 나는 아니라고 대답했어요. 당신들이 신발도 벗지 않고 집 안으로 들어왔어요. 나는 뒤로 물러났을 뿐, 아무런 저항도 하지 않았어요. 나는 한은정이 아니니까요. 당신들이 집 안을 살펴보기에 나는 창문을 열고 식물을 가리키며 이렇게 물었죠. '이 식물의 이름을 아세요?' 당신들은 아무도 대답하지 않았어요. 당신들 중 아무도 대답하는 사람이 없었어요."

마침내 여자가 입을 다문 채 나를 바라본다.

"당신은 한은정입니다."

여자가 고개를 숙인다.

"매트리스의 혈흔은 당신 것이 아닙니다."

여자가 대답하지 않는다.

"그 식물의 이름은 시클라멘입니다."

여자는 한동안 말없이 고개를 숙이고 있다. 나는 여자가 입을 열기를 기다린다. 나는 참을성이 많은 사람이다. 침묵이 흐른다. 마침내 여자가 고개를 비스듬히 들고 작은 목소리로 속삭이듯 말한다. 나도 알아요. 알고 있어요. 그러더니 고개를 똑바로 들고 나와 눈을 마주치며 또박또박, 그러나 흐느끼듯 말한다. 식물에 물을 주세요. 식물에. 물을. 주세요.

왼쪽의 오른쪽, 오른쪽의 왼쪽

나는 첫 문장이 떠오르지 않을 때마다 다른 사람들의 책을 펼치고는 했어, 책에서는 늘 첫 문장을 발견할 수 있었다. 내가 쓰지 않은 문장들이었다. 그렇게 많은 책들이 펼쳐졌지, 그렇게 많은 책들이 펼쳐졌다. 펼치다, 펼쳐지다. 펼쳤다, 펼쳐졌다. 그리고 나는 늘 첫 문장을 발견했어, 수없이 많은 첫 문장들이 마지막 문장들을 기다리고 있었다. 하지만 내 것은 아니었다. 내가 쓴 문장들은 아니었다. 그중에는 내가 쓰고 싶은 문장들도 있었어, 그런 걸 보면, 그런 걸 읽으면 훔치고 싶었다. 하지만 훔치지 않았지, 훔치지 않는다고 생각하면서 훔쳤는지도 모를 일이다. 그렇게 어느 날에는 개가 나타났지, 바람이 불었고, 달도 떴다. 이야기를 쓰려다가 지우고 지우려다

썼다. 지금도 눈앞에 어떤 풍경이 있네, 하지만 흐려서 풍경의 세부가 잘 보이는 건 아니다. 언젠가 이런 날이 있었지, 겨울이었다. 전날 눈이 많이 내렸어, 그래서 그날, 눈이 많이 내린 다음 날, 기온이 영하로 떨어졌던 날, 눈길이 빙판길로 돌변했던 날, 얼음이 사나웠던 날이었다. 나는 어딘가로 가야 했어, 목적지가 어디였는지는 기억나지 않는다. 차에 시동이 걸리지 않았어, 좀처럼. 목적지는 기억나지 않지만 그날, 무척 급하게 어딘가로 가야 했던 건 기억이 난다. 그래서 나는 급하게 시동을 걸고 또 걸었어, 그리고 마침내 엔진이 돌아가는 소리가 들려왔다. 하지만 전날 내린 눈이 전면 유리창에도 가득 쌓여 있었어, 차 안의 공기는 차가웠고 전방이 보이지 않았다. 온통 하얗지, 너무나 희었다. 눈구름이 걷히고 해가 뜬 날이었어, 겨울의 공기는 투명할 정도로 희다는 걸, 눈이 오지 않아도 희다는 걸 나는 언젠가부터 알게 되었다. 히터가 돌아가기 시작했어, 나는 와이퍼를 작동시켰다. 하지만 와이퍼가 움직이려 들지 않았어, 눈의 무게 때문이었고, 아니, 눈이 얼어 있었기 때문이었다. 언 눈이 완강하게, 너무나 고집스럽게, 꿈쩍도 하지 않았다. 와이퍼는 고작 몇 센티미터쯤 움직였을까, 나는 눈을 치워야 했다. 먼눈으로 운전할 수는 없으니까, 언제나 전방은 중요해, 늘 앞을 보고 있어야 해, 그때 내가 이런 생각짧고도 긴 시간, 영원처럼 느껴지던 그 시간, 나는 그 시간을 잡고 싶었다.

　나는 지금 머리채가 잡혀 있어, 누군가가 내 머리채를 잡고 있다. 비유적 표현이 아니야, 실제로 그렇다는 말이다. 내가 좀더 묘사에 재능이 있었다면 좋을 텐데, 아무튼 설명을 해보기로 한다. 지금 나의 왼발은 열세번째 계단에, 오른발은 열두번째 계단에 아슬아슬하게 걸쳐져 있네, 왼손으로는 난간을 붙들고 있다. 움켜쥐고 있다는 표현이 나을지도 모르겠어, 어쨌거나 나는 고꾸라지지 않도록, 머리채를 붙든 우악스러운 손길에 이끌리지 않도록, 젖 먹던 힘까지 동원해 난간을 붙들고 있다. 오른손으로도 난간을 잡을 수 있다면 좋겠지, 그러면 지금처럼 오른쪽 몸이 내 머리채를 휘어잡은 손 쪽으로 젖혀지지 않았을 것이다. 그 전에 머리채를 붙들리지 않았다면 더 좋았을 것이지만 지금 이 상황에서 거기까지 생각하기란 힘이 부친다. 힘, 그렇다. 지금은 힘없이, 힘없이 버티고 있을 뿐이다. 그 부위를 뭐라고 하더라, 두피라고 했던 것 같다. 두피가 아파서 생각하기가 힘들어, 머리카락이 한꺼번에 뽑히는 고통이 이런 것이군, 나는 간신히 생각한다. 저 손길은 지나치게 그악스럽군, 이래서야 생각할 수가 없다. 하지만 생각해야 해, 겨우 자동차 전면 유리창에서 고집스럽게 물러나지 않던 눈과 얼음을 생각하고 났더니 그다음을 어떻게 이어가야 할지 알 수가 없다. 하지만 생각해야 해, 나는 네 이야기를 시작해야 한다. 일단 시작부터 하고 볼까, 아니, 시작은 시작되었다. 늦었지만 나는 너를 불렀어, 그리고 네가 나타났다. 그러니 이제부터 네게 형태를 부여해야지, 다시 묘사의 시간이다. 가능한 한 저지하고 싶은 시간이지, 하지만 시작해야 한다. 네 이야기를 시작하려면 덩페르 로슈로역이라는 곳을 설명해야 한다. 파리의 전철역. RER B선과 일반 전철 4호선, 6호선이 교차하는 지점. 역 밖으로 나가면 카타콤이 있다. Denfert에는 enfer라는 단어가 들어 있다. 지옥. 하지만 이 이야기에서 별 의미를 갖지는 못하는 단어다. 여름이었다. 아마 RER B선 승강장이었을 거야, 거기서 나는 그대로 들어오는 전철을 타고 시테 위니베르시테역으로 가야 했다. 그 역에서 내려 기숙사로 돌아가야 했다. 하지만 그 전에, 열쇠를 던져야 했다. 6호선 파스퇴르역 방향으로 가는 사람에게, 그 사람은 지금 널 기억하고 있을까. 그렇지 않을 것이다. 나는 열쇠를 던졌고, 나는 늘 던지기에 자신이 있었다. 열쇠는 포물선을 그리며 날아갔고, 승강장과 승강장 사이의 폭은 정확히 얼마나 될까. 5미터? 6미터? 벌써 12년 전의 일이고 나는 그 거리를 정확히 기억하지 못한다. 아무튼 나는 열쇠를 던졌고, 반

이렇게 말했어, 직역하면 다음과 같은 뜻이었다. 너는 좀더 현명해져야 해. 나는 무해한 짐승처럼 웃었다. 그 말을 듣고, 나의 현명하지 못함이, 그 상태가, 12년이 지나 누군가에게 이토록 고통스럽게 머리채를 잡히는 순간을 만들어내리라고는 생각하지 못했다. 나는 RER B선, 시테 위니베르시테역과 덩페르 로슈로역을 거의 매일 왕복했다. 그러면서 열차의 발착을 알리는 모니터 앞에서 B선 열차의 이름들을 관찰했다. 대부분 의미 없는 조합처럼 보였지, 하지만 어느 날, 나는 좀더 현명해져야 한다는 말을 들었던 날, 혹은 그다음 날, 혹은 다음 날의 다음 날, 나는 SAGE라는 이름의 열차에 오르게 되었다. 그래서 나는 웃었지, 기억에 남지 않을 거라 생각했지만 갑자기 지금 그 순간이 명료하게 떠오르는 걸 보니 아마 나도 모르게 내가 좀더 현명해져야 한다고 생각했던 것이다. 그때 나는 알량한 저축에 의지해 파리에 체류하고 있었다. 그래서 너는 내게 좀더 분명하게 각인되었지, 우리는 시간을 함께 보냈기 때문이다. 그전부터도 우리는 친구였지, 나는 그렇게 믿었다. 너도 나를 친구라고 생각했겠지, 그래서 죽기 사흘 전 내게 전화를 걸어왔던 것이다. 12년 전의 일은 아니다. 8년쯤 전일까, 잘 모르겠어, 2010년이었다. 정확히, 정확한 숫자들을 기억해보자. 하지만 날짜는 기억나지 않는군, 그러니까 내가 열쇠를 던졌던 날의 날짜 말이다. 8월이었을 것이다. 네 일행이 돌아가고, 나는 네가 빌려 지냈던 집 열쇠를 맡아두었다. 네 일행은 모두 내 친구들이기도 했어, 네가 빠진 나머지 일행은 여전히 모두 내 친구들로 남아 있다. 나이를 먹었고 삶이 달라졌으므로 우리는 예전처럼 자주 어울리지는 않게 되었다. 주로 멀리서 들려오는 소식으로 기억을 추억이라 기만하며 살아가고 있지, 적어도 나는 그렇다. 그런데 지금, 추억이 되었을지도 모를 기억들이 사라지기 직전이군, 그러니 시작해야 해, 더 늦기 전에 나는 시작해야 한다. 나는 현명해지기 이전에 강해져야 했어, 저 손길을 뿌리칠 수 있을 정도로 체력과 근력을 키웠어야 했다. 늦었을까, 이미 늦은 것일까. 알 수 없다. 어서 풀려나야 하는데, 이대로 무사히, 문자 그대로 무사히 도망쳐서 네 이야기를 시작해야 한다. 어쩌면 이미 시작되었는지도 모르겠군, 열쇠 이야기를 했으니 어쩌면 시작한 것일지도 모른다. 제대로 된 시작이라고 할 수 있을지는 모르겠군, 하지만 방법과 시간이 없다. 내게는 시간이 없다. 이대로 살해당하기 전에 나는 도망쳐야 해, 이 이야기가 내게서 빠져나가기 전에 문자로 고정시켜야 한다. 나는 늘 나와 결별하고 싶었지, 하지만 이런 방식으로는 아니었다. 나는 더는 나를 쓰고 싶지 않았어, 하지만 나를 지우고 너를 쓰기도 전에 내가 나에게서 사라지고 있다. 아파서 견딜 수가 없군, 하지만 견뎌야 한다. 저 손을 끊어내면 좋을 텐데, 지금 바라는 것은 저 손아귀에서 풀려나는 것, 그것뿐이다. 더 늦기 전에 너를 묘사해야 할 텐데, 생각해보자. 너는 나보다 서너 살 아래였다. 네 살 어렸던 것으로 기억한다. 네게는 나와 동갑인 누나가 있었다. 너는 누나를 몰래 미워했다고 했다. 아직도 그 미움이 가신 건 아니라고 네가 말했다. 그 뒤로 어떤 이야기들이 더 오갔는지는 기억나지 않아, 머리채가 모조리 뽑히는 고통 때문이다. 시야가 흐릿하지만 저 아래, 계단 밑에 칼이 떨어져 있다는 건 알고 있다. 보지 않아도 알 수 있지, 기억만 하고 있다면 계속해서 알 수 있다. 하지만 저 칼이 내 손에서 떨어진 것인지, 지금 내 머리채를 움켜쥔 손에서 떨어진 것인지는 기억나지 않는다. 중요한건 어서 저 칼을 주워야 한다는 것이다. 가능하면 저 칼의 손잡이를 제대로 꽉 움켜쥐어야 한다는 것이다. 빼앗기기 전에. 빼앗길 거라면 차라리 더 멀리, 보이지 않는 곳으로 던져버리는 것이 나을 것이다. 하지만 지금도 보이지는 않아, 잘 보이지가 않는다. 아까도 말했지만 시야가 흐릿하기 때문이다. 이토록 격렬한 아픔을 느끼는 건 아주 오랜만이지, 이보다 덜한 아픔들은 여러 번 경험했다. 아픔의 기록 경신이군, 하지만 여기서 멈춰야 할 텐데, 그러려면 저 칼을 손에 쥐어야 한다. 그런데 여전히 왼발은 열세번째 계단에, 오른발은 열두번째 계단에 머무르고 있네, 머리카락은 여전히 장력을 유지하고 있고, 온몸에는 진동이 있다. 진동이라기보다는 떨림이라고 불러야 할지도 모른다. 나는 어색하고 우스꽝스러운 동작으로, 마치 정지한 듯, 순간에 속박되어 있다. 이제야 하루가 천 년 같고 천 년이 하루 같다는 표현이 이해되고 있어, 순간이 영원이고 영원이 순간이라는 말, 그건 고통의 시간이다. 우연의 가속화와 더불어 시간과 고통의 상대성 원리, 아직 덜 맞은 모양이지, 내 머리채가 잡히기 전, 이런 말을 들었던 것 같다. 오른발이 아슬아슬하게 계단 턱을 딛고 있다. 전체적인 균형은 왼발이 담당하고 있다. 왼다리에 힘이 너무 들어가서 허벅지와 종아리에도 긴장된 근육이 통증을 유발하고 있지만 두피, 두피가 아파서 하반신의 고통은 잠시 잊힌다. 언제부터 시작된 일일까, 적어도 12년 전에는 내가 지금 이런 꼴로 잡혀 있을 거라는 생각을 할 수조차 없었다. 아프다. 하지만 여기서 이대로 끌려가면 더 아플 것이다. 전에도 겪은 적이 있어, 하지만 나는 노력하면 나아진다는 말을 곧이곧대로 믿었다. 처음 시작은 이러했어, 텔레비전과 스피커를 잇는 선이 필요했다. 오디오 케이블이었는데, 이 케이블의 종류가 제각각이고 저마다 이름이 있다는 걸 나는 그제야 알았다. RCA… RCA2…

R2D2⋯ REC⋯ RA2⋯ 나는 케이블을 사러 갔다. 정확히 하자면 내가 필요해서 사러 간 건 아니었어, 사 오라는 말을 들었고, 나는 그 말을 요구가 아닌 부탁으로 받아들였다. 하지만 부탁이 아니었다. 요구도 아니었지, 그건 지시였고 명령이었다. 그리고 나는 잘못된 케이블을 샀어, 물론 이 말은 틀렸다. 케이블에게는 잘못이 없었어, 내게도 잘못은 없었다. 케이블은 억세고 단단하고 투명한 플라스틱으로 포장되어 있었어, 칼로 포장이 뜯겼다. 하지만 단자라고 했나, 코드라고 했나, 연결 부위라고 했나, 그런 말들이 들렸고 잘못된 케이블을 사 온 내가 잘못이라는 말도 들렸다. 그리고 당장 다시 마트로 가서 포장이 다 뜯겨 나간 케이블을 환불해 오라는 말이 들렸다. 겨울이었어, 그날 나는 밤을 걸어 마트로 가서 포장이 다 뜯겨 나간 케이블을 환불해달라고 했다. 점원은 난처한 표정을 지었지만 그날의 난처함 대결에서 승자는 나였지, 내 얼굴을 본 점원은 묵묵히 포장이 다 뜯겨 나간 케이블을 받고 지폐 한 장과 동전 몇 개를 내주었다. 그게 시작이었지, 그게 시작이었다.

12년 전, 나는 파리에 체류하고 있었다. 언어를 배운다는 명목에서였다. 그때 나는 스물네 살이었고 5백만 원가량의 저축이 있었다. 이렇게 생각하니 과거로 돌아간다는 것도 좋은 선택지로 보이는군, 하지만 불가능한 일이다. 그때는 12년 후를 상상하지 못했어, 일주일 후 정도만 그럭저럭 상상할 수 있었을까, 그랬을 것이다. 그런데 지금은 고작 1분 후의 일도 상상할 수가 없군, 여전히 나의 왼발은 열세번째 계단에, 오른발은 열두번째 계단에 위태로이 걸쳐져 있다. 내가 계단 수를 정확히 알고 있는 건 몇 달 전부터 계단참에 불이 들어오지 않기 때문이다. 그래서 계단의 숫자를 세기 시작했다. 하나, 둘, 셋. 넷, 다섯, 여섯. 수를 세는 건 안심이 된다. 일곱 다음에는 여덟이 오고 아홉 다음에는 열이 온다. 그리고 세 칸 더. 그렇게 계단을 내려가 유리문을 밀면 밖이 있고, 가게가 있고, 나무가 있고, 고양이들이 있고, 운이 좋다면 사람들이 있다. 입이 막힌 지금, 청 테이프로 입이 막힌 지금, 말할 수도 소리를 지를 수도 노래를 부를 수도 없는 지금, 나를 본 행인이 도움을 줄 수 있다면 좋을 텐데, 살 수 있을 텐데, 하지만 여전히 나의 왼발은 열세번째 계단을, 오른발은 열두번째 계단을 딛고 있다. 이 자세로 얼마나 오랫동안 있었던 것일까, 백 년처럼 여겨지지만 실제로는 1초도 지나지 않았을 것이다. 이 시간. 이 순간. 이 시각. 눈꺼풀 밑으로 눈물이 차올랐다. 그것이 뺨을 타고 흘러 턱 끝에서 떨어져 바닥에 닿기 전에 도망쳐야 한다. 그리고 동시에 나는 생각해야 해, 파리의 어학원에서 전미래라는 시제를 배운 적이 있다. 내가 좀더 현명해져야 한다는 말을 듣기 전이었던 걸로 기억한다. Le futur antérieur, 미래의 어떤 시점에 행해지고 있을 사건을 말할 때 사용하는 시제. 미래의 어떤 시점에 끝나야 할 일을 말할 때 사용하는 시제. 이 시제를 처음 배우던 날, 나는 문법책이나 옛 소설에서만 볼 수 있을 시간이라고 생각했다. 그날 나는 오늘을 상상하지 못했어, 12년 후 어느 겨울, 12월, 일요일, 새벽, 2시쯤, 오늘이 며칠이더라, 그건 모르겠어, 일요일이라는 건 알고 있다. 마포구 주민들은 화요일, 목요일, 그리고 일요일에 쓰레기를 배출해야 하는데 화요일과 목요일에는 이틀 치 쓰레기를, 일요일에는 사흘 치 쓰레기를 배출하게 되므로 보통 일요일에 내놓는 쓰레기의 양이 가장 많다. 그러니까 오늘은 일요일이야, 아니, 이제 월요일이 되었다. 쓰레기를 내놓아야 하는데, 분리도 해두었다. 음식물 쓰레기와 종이 쓰레기와 플라스틱 쓰레기와 알루미늄 쓰레기와 유리 쓰레기와 먼지와 파편과 조각과 담뱃재와 욕설과 분노와 초조와 공포와 두려움을 모두 잘 분리해서 묶어두었다. 미래의 어떤 시점에 오늘의 쓰레기들은 제대로 버려질 수 있을까, 미래의 어떤 시점에 나는 여전히 존재하고 있을까.

다시, 다시 생각하자. 나는 이 이야기를 마쳐야 해, 하지만 글로 씌어지지 않는 이야기는 미래의 어떤 시점에 어떻게 존재할 수 있을까. 모르겠어, 모르겠다. 하지만 다시, 다시 생각하자. 너와 네 일행은 모두 내 친구들이었다. 너희들은 유럽으로 여행을 왔지, 그리고 런던을 거쳐 파리에 도착했다. 나는 북역으로 너희들을 맞으러 나갔어, 여름이었고, 근사한 날씨였다. 너희는 지하철 6호선 파스퇴르역 근처에 아파트를 빌렸다고 했어, 누구였는지는 기억나지 않지만 너희들 중 하나가 그 아파트에 세 들어 살고 있는 유학생의 친구라고 했다. 너희는 모두 다섯 명이었지만 비좁은 아파트에서 즐겁게 머물렀다. 나도 오전 수업을 마치면 너희를 찾아갔다. 우리는 이곳저곳 같이 돌아다녔다. 개선문에서 따분한 관광 사진을 찍고 에펠탑 아래 잔디밭에 드러누워 실없이 농담했고 센강 둔치에서 포도주를 마셨다. 우리는 스물, 스물하나, 스물넷, 스물다섯의 나이였고 아직 막연한 희망을 저버리지 않고 있었다. 그러던 어느 일요일이었다. 나는 전날 그 비좁은 아파트에서 화장지 롤 하나를 베고 잤다. 날이 밝았고, 너희는 하나둘씩 일어나 커피를 마시거나 이를 닦았다. 웃고 떠들면서 외출 준비를 하던 시간을 나는 아직도 기억하고 있어, 그 좁은 아파트에는 내가 살던 허름한 기숙사 방과는 다른 따스함이 있었다. 아마 볕이 잘 드는 집이었기 때문일 것이다. 누군가는 배가 고프다고 했고, 누군가는 진짜 커피를 마시고 싶다고 했다. 집

안은 엉망이었고 이탈리아로 짧게 여행을 간 집주인이 돌아오기 전에 대청소를 한번 해야겠다고 누군가 말했다. 그러면서 우리는 외출 준비를 마쳤어, 저마다 얇은 겉옷을 입고 가방을 챙기고 신발에 발을 꿰는 동안 나는 열쇠를 챙기라고 당부했다. 하지만 다들 한 귀로 듣고 한 귀로 흘렸던 거겠지, 등 뒤로 육중한 현관문이 닫히자마자 우리는 아무도 열쇠를 챙기지 않았다는 걸 깨달았다. 서둘러 건물 밖으로 달려 나가 열쇠집을 찾았지만 문이 닫혀 있었지, 너는 소방서에 전화를 해보라고 했다. 거기서 유일하게 프랑스어 비슷한 걸 말할 줄 아는 사람이 나였으므로 나는 소방서에 전화를 걸었고 이런 일로는 출동하지 않는다는 답을 들었다. 예상했던 답변이었다. 열쇠집 유리창에 일요일 비상 전화번호가 적혀 있었다. 나는 그 번호로 전화를 걸었고, 한두 시간 이내로 기사가 방문하겠다는 말을 들었다. 그쪽에서 주소를 불러달라고 하기에 나는 길 이름을 말해주었어, 안타깝지만 그 길의 이름은 지금 기억나지 않는다. 다만 이건 기억이 나, 그 집은 파리 15구에 있었고, 안타깝게도 나는 늘 서수를 제대로 말하지 못했는데, 아무리 머리를 쥐어짜내도 다섯번째를 뜻하는 cinquième만 생각날 뿐이어서, 수화기 너머 상대방에게 결국 퀴즈를 내고 말았다. 실례합니다만 quatorzième, 그다음이 뭔지 아십니까? 상대방은 웃으면서 대답했다. 그것은 quinzième입니다. 그러고는 웃음기가 가시지 않은 목소리로 일요일이니 가는 데 오래 걸릴 수도 있다고 덧붙였다. 전화를 마치고 나는 내 문법을 점검했다. 우리, 잃어버렸다, 열쇠. 문, 닫혔다. 우리, 들어가지 않는다. 주소, 다음과 같다. 실례합니다. 우리는 기다렸다. 두 시간이 지나고 마침내 기사가 도착했다. 그는 자물쇠를 살펴보았고, 부수었고, 새 자물쇠를 설치했고, 문을 열었다. 외출이 좌절되고 오랫동안 기다리다 지친 우리는 터덜터덜 좁고 아늑한 아파트에 들어섰다. 기사가 요금을 청구했다. 잠긴 자물쇠를 떼어내는 비용, 새 자물쇠를 설치하는 비용, 새 자물쇠 값, 기본 출장비, 일요일 특별 출장비가 합산된 금액은 850유로였다. 우리는 한동안 입을 다물지 못했고, 기사는 안타깝다는 표정으로 다음부터는 부디 조심에 조심을 거듭하라는 말만 되풀이했다. 이건, 돈이다. 많은 돈. 조심하시오. 다 돈입니다. 기사가 돌아가고 우리는 뭘 했더라, 무엇을 먹고 무엇을 마시고 무슨 이야기를 했더라, 지금은 기억나지 않는다. 도무지 기억이 나지 않는다. 아마 이내 얼굴에서 허탈한 표정을 지웠겠지, 누군가는 일정을 조정했을 것이고, 누군가는 배가 고프다며 투덜거렸을 것이다. 하지만 어떤 기억도 정확하지 않다. 네 이야기를 써야 한다고 생각했을 때, 가장 먼저, 그날, 12년 전

여름 파리에서의 어느 일요일 오후가 생각이 났다. 네가 가족 이야기를 했던 것이 그 전이었는지, 후였는지는 기억나지 않는다. 너는 쾌활했고, 잘 웃었고, 혼자 센강 주변으로 산책을 나갔다가 아마도 프랑스인일 어떤 사람이 아파트 5층 창가에서 투척한 계란에 맞았다는 이야기를 할 때도 그다지 화를 내지 않았다. 너는 착한 사람이었어, 타고난 성격이 그렇기도 했고 무엇보다도 착함을 저버려야 할 정도로 나이가 많지 않았다. 하지만 착하건 말건, 너는 살았어야 했다. 그래서 내게 이야기를 마저 들려주어야 했어, 이제는 늦은 것일까. 정말 늦은 것일까. 이제 곧 눈물이 아래로 떨어질 것 같은데, 몸의 중심이 왼발에서 오른발로 가까스로 이동하게 되면 왼발은 곧 열두번째나 열한번째 계단을 밟을 수 있을 텐데. 열둘이나 열하나를 가리키는 프랑스어 단어는 생각나지 않는다. 다섯, 열넷, 그리고 열다섯만 기억날 뿐이다. 하나, 둘, 셋. Un, deux, trois. 수를 셀 수 있는 걸 보니 아직 내가 의식을 잃지는 않은 모양이군, 입 밖으로 소리 내어 수를 셀 수 있다면 좋을 텐데. 이제는 늦은 것일까, 이미 늦은 것일까. 눈물이 떨어지기 직전이다. 직전의 시간. 딱히 슬퍼서는 아니야, 온몸의 통각이 반응하고 있기 때문이다, 열렬히. 그래도 생각해야 한다. 왜 너는 죽기 사흘 전에 내게 전화를 했을까, 나는 그 이유를 오랫동안 생각했다. 하지만 충분히 오래는 아니지, 고작 몇 년이었다.

그리고 우리의 삶은 각자 다른 방향으로 흩어졌다. 누군 가는 학교에 남았고, 누군가는 아침에 출근하고 밤에 퇴근하는 직장을 잡았고, 누군가는 고향으로 돌아갔고, 누군가는 결혼했다. 그러는 동안 연락은 뜸해졌고 1년에 한두 번 누군가의 결혼식이나 장례식에서 만나게 될 때마다 조용히 파리에서 있었던 일을 추억했다. 그 이야기는 우리 공통의 화젯거리였고 언제 들어도 물리지 않았다. 그러다 너는 내게 문득 묵혀둔 가족 이야기를 꺼냈다. 마치 귤 하나를 꺼내 툭 내미는 것처럼 간결하고 단순한 시작이었다. 네 이야기는 그 자체로 고유한 것이었으나 동시에 어디선가 들어본 적 있는, 그러니까 내가 직접 경험하지는 않았지만 비슷한 걸 겪었거나 들었던 적이 있는 이야기였다. 나는 고개를 끄덕였고, 그날의 대화가 어떻게 마무리되었는지는 기억나지 않는다. 다만 네 표정을 기억해, 네 얼굴에 스치던 표정을 안도라고 불러도 좋지 않을까, 나는 생각했다. 그리고 나는 대부분의 시간 동안 너를 생각하지 않았다. 네가 죽고 난 다음에도 한동안 나는 너를 생각하는 일이 드물었다. 그러다 문득, 마치 누군가 내게 귤 하나를 툭 들이미는 것처럼, 누군가 툭 들이민 귤을 보는 것처럼, 네 생각이 났다. 그리고 네 이야기를 써야겠다고 생각했지, 좀더 정확할 필요가 있어, 그러니까 내게 알려지지 않은 너의 시간에 대해 써야겠다고 생각했다. 하지만 답이 없는 문제를 풀고 있는 기분이었어, 네가 죽기 사흘 전, 일요일, 내게 전화를 해오지 않았다면 나는 네 이야기를 쓰겠다고 생각하지 않았을지도 모른다. 우리는 딱히 가까운 사이는 아니었다. 사람들이 흔히 선후배 관계라고 말하는 사이였지, 그런데 너는 왜 내게 전화를 했을까. 그날은 내 생일이었고 너는 내게 생일 축하한다고 했다. 딱히 귀가 예민하지는 않았지만 그래도 나는 네 목소리에서 어떤 징후를 들었다. 하지만 고맙다는 말만 했을 뿐이었어, 지나가는 말로 곧 보자고 덧붙였다. 너는 힘없이 웃었어, 웃음소리만 들었을 뿐이지만 나는 네 표정을 쉽게 상상할 수 있었다. 그리고 너는 죽었고, 몇 년 전의 일이다. 나는 수업 중이었고, 생각을 해보자, 전화가 걸려왔다. 파리의 비좁은 아파트에서 일주일을 같이 머물렀던 친구였다. 그는 억지로 울음을 참는 목소리로 네가 죽었다고 말했다. 나는 사인을 묻지 않았고… 묻지 않아도 알 수 있었는데… 어째서 묻지 않아도 알 수 있었는지는 도저히 알 수 없다. 그리고 그날, 네 장례식장으로 날 태워준 사람은 지금 내 머리채를 단단히 붙들고 있는 사람이었다. 동일 인물이지, 이자, 저자, 그자. 뭐라고 불러야 좋을까, 부르고 싶지 않지만 이자라고 하자. 이자는 주차장에서 나를 기다렸다. 나는 빈소에 있었다. 친구들이 있었고, 할 말이 많았지만 아무 말도 하지 못하고 있었다. 이자는 내가 빈소에서 너무 꾸물거린다며 재촉하는 메시지를 연달아 보내왔다. 나는 답장하지 않았고, 마침내 이자의 차로 돌아갔을 때, 이자는 사나운 눈길로 나를 쏘아보며 이렇게 말했지, 배고파. 배고프다고. 배가 고프다고. 배고파. 그때 나는 차에서 내렸어야 했어, 그랬다면 지금 계단을 내려갈 수 있을 텐데, 아니 그전에, 지금 이 계단을 내려갈 필요도 없었을 텐데. 그때 나는 이런 일이 벌어질 거라고 예상하지 못했다. 아니, 약간 짐작했는지도 모르지, 하지만 약간이란 대체 얼마를 가리키는 단어일까. 막연하게, 애매하게, 나는 지금 이 순간, 영원처럼 길지만 실제로는 아마도 찰나에 가까울 이 순간을 그때 약간 짐작했는지도 모른다. 아주 약간을. 배고파. 배가 고프다고. 이자는 내게 배가 고프다고 했다. 나는 귀를 의심했고, 이어 나를 의심했다. 나는 언제나 장악하기보다는 장악당하고 싶다고 생각했어, 왜였을까… 모르겠어… 장악하고 장악당한다는 것이 정확히 뭘 가리키는 것인지도… 모르겠어… 하지만 지금은 아니다. 이제는 아니다. 더는 아니다. 나는 살해당하고 싶지 않다. 살해하고 싶다는 건 아니야, 어쨌거나 지금, 나는 살해당할 수도 있다는 생각을 하고 있다. 어떤 생각을 하고 있다고 말할 수는 없지, 왜냐하면, 내가 계속해서 말하고 있는 지금이라는 순간은 너무 짧아서, 지나치게 순간적이어서, 어떤 생각을 곰곰이 되뇌기가 힘들기 때문이다. 지금이라는 순간은 사실, 말 그대로, 계속해서 말할 수도 없는 시간이다. 지나치게 짧기 때문이다. 단말마라는 표현이 생각이 난다. 주마등이라는 표현도 생각이 난다. 나는 시간을 정지시키고 싶은 거야, 그래서 세상 모든 것이, 이자를 포함해서, 정지하고 나면, 나는 시간의 틈을 빠져나와 흔적도 없이 사라질 것이다. 그리고 네 이야기를 어디선가 마저 쓰겠지, 쓰기 전에 시작해야 할 거고. 그러려면 먼저 몸의 중심을 잡아야 해, 먼저 계단을 내려가야 해, 먼저 시간을 멈추어야 한다. 그러나 지금 이 순간은 끝이 없는 것처럼 보이고, 그래서 멈출 수 없는 시간으로 보인다. 지금 이 순간은 왜 이토록 긴가. 왜 이토록 기나긴 것인가. 내 입을 막은 테이프는 청색이다. 청 테이프라고 부르니까. 그런 이름을 갖고 있으니까. 나는 며칠 전 철물점에 갔고… 청 테이프를 달라고 했다. 짐을 챙겨야 했고… 이 집에서 나와야 했으니까… 생각이 이어지지가 않는군, 머리채가 뽑혀 나가고 있기 때문이다. 지금 이대로 시간이 정지한다면, 그런 것처럼 여겨지기도 하는데, 아무튼 시간이 이대로 멈춘다면, 나는 산발로 도망칠 수 있다. 머리 없이 도망치는 것보다야 산발로 도망치는 편이 백 번 낫겠지. 그런데 산발이라니, 문득 신발을 신고 있지 않다는 데 생각이 미친다. 나는 맨발이다. 맨발로 도망치려고 했던 거야, 미처 발에 신을 꿸 시간이 없었지, 아까는 그토록 시간이 부족했다. 지금처럼 맨발로 도망치다가는 멀리 가지 못할 거라는 생각도 할 시간이 없었다. 발에서 피가 흐르는 것 같아, 아래쪽을 내려다보고 싶지만 그럴 수가 없다. 하나, 둘, 셋. 숫자를 세어보자. 하지만 온갖 숫자들이 한꺼번에 나를 향해 달려들고 있는 기분이다. 두피가 아프고, 온몸이 아프다. 나는 언제 무너지게 될까, 그러니까 내 몸이 언제 저 계단 밑을 구르게 될까. 일단 입에서 청 테이프를 벗겨내고 싶다. 비명이라도 마음껏 지르고 싶다. 어째서 다른 집 사람들은 지금 침묵을 지키는가. 새벽이라서? 잠들었기 때문에? 내 비명을 듣지 못해서? 내가 비명을 지르지 않기 때문에? 내가 비명을 지를 수 없기 때문에? 나는 풀려나려고, 저항하려고 안간힘을 쓴다. 나는 안간힘을 쓰고 있다. 나는 아직 첫 문장을 쓰지도 못했는데, 쓰지 못한 첫 문장이 사라지려고 한다. 그것은 계속해서 사라지는 중이다. 내 입을 막은 청 테이프는 통상적인 용도와 다르게 사용되고 있다. 이자는 내게 배가 고프다고 했다. 그러고는 이렇게 물었지, 슬퍼? 나는 고개를 끄덕이지 않았다. 귀를 의심하느라 아무 말도 할 수 없었다. 이자는 자신이 더 슬프다고, 그 이유는 배가 고프기 때문이라고 말했다. 나는 그대로 차에서 내렸어야 했다. 하지만 계속해서 귀를 의심하고만 있었지, 내 귀에 들리는 말을 믿을 수가 없어서, 나는 내 귀를 의심했다. 나는 나를 의심한 거야, 나는 나를 의심했다. 이자를 의심했어야 했는데.

　　그때부터였을 거야, 내가 조급해졌던 건, 아마 어떤 막연한, 실체를 알 수 없는 불길한 예감을 느꼈기 때문일 것이다. 그날의 실체 없음이 오늘의 이 고통으로, 아픔으로, 통증으로, 분노로, 무기력으로 구체화되었고 나의 실체는 시체가 되어가고 있다. 아아, 아아아, 아아아아, 아악, 아직 덜 맞은 모양이지, 이자는 이렇게 말했고 실체에서 시체를 떠올리는 걸 보니 이자의 말이 맞는지도 모르겠다. 맞다. 맞음. 맞다. 맞음. 지금 나는 소리를 지를 수조차 없고 여전히 첫 문장이 떠오르지 않는다. 내 것이 아닌 누군가의 문장을 훔칠 수만 있다면, 네가 내게 첫 문장을 귀뜸해주었더라면. 늦었지만 나는 너를 불렀고… 불렀는데… 다시, 다시 생각해보자. RER B선, 덩페르 로슈로역 승강장으로 돌아가보자. 8월 중순이었을 거야, 여름, 다시 묘사의 시간이다. 이 공간은 너와 구체적으로 연결되지는 않는다. 하지만 이 공간이 중요한 까닭은… 내가 열쇠를 던졌기 때문이고, 열쇠가 반대편 승강장에 안착하지 못했기 때문이고, 내가 틀린 문법으로 더듬거리며 역무원에게 이 사실을 알렸기 때문이다. 열쇠가 날아가던 각도와 속도, 찰나의 시간, 나, 떨어뜨렸다, 열쇠에, 선로를. 열쇠의 주인은 황당하다는 표정을 지었고 그건 나도 마찬가지였다. 덩페르 로슈로역. 그러고 보니 레몽 크노의 책에서 본 구절 하나가 생각이 난다. "파리를 아십니까?"라는 제목의 책이었다. 덩페르 가rue d'Enfer가 덩페르 로슈로 가rue Denfert Rochereau로 변경된 것처럼, 시의회가 말장난 때문에 이름을 바꾸었던 거리들은 어디인가? 알 턱이 있나, 지금 여기가 지옥이라는 건 알겠다. 여기가 지옥이라는 건 통증이 말하고 있다. 하지만 그날, 지옥이라는 건 단어로만 존재한다고 생각했다. 살아서 지옥이라는 말을 한 번도 이해하지 못했지, 그리고 지금 이 순간, 이 짧고도 기나긴 순간, 머리채가 모조리 뽑혀 나가기 직전인 지금, 이 순간, 살아서 지옥이라는 말이 지닌 무게를 나는 완벽하게, 완전하게, 가감 없이, 지나치게, 모자라게, 앞에서 뒤로, 뒤에서 앞으로, 오른쪽에서 왼쪽으로, 왼쪽에서 오른쪽으로, 아, 아아아, 아아, 아아아, 안에서 밖으로, 밖에서 안으로, 아, 아아아, 아아악, 아아, 이해하고 있는 중이다. 나는 저 계단을 내려가야 해, 하지만 눈물이 앞을 가려 계단이 보이지 않는다. 눈물이 앞을 가린다는 표현은 예전부터 알고 있었지, 여러 번 이해할 수 있던 표현이다. 자동차 전면 유리창을 하얗게 덮은 눈이 녹아 물이 되는 시간, 그 조급했던 시간, 그때도 나는 눈물이 앞을 가린다는 표현을 생각하고 있었는지도 모른다. 통상적인 비유가 이끌어내는 경험들. 비유로 완전해지는 경험들. 경험으로 완벽해지는 비유들. 아, 아아아, 아아, 아아악. 나는 입을 열어야 해, 그리고 완전한 비명을 지르고 저 계단을 내려가야 한다. 어쩌면 비명을 지르면서, 저 밖으로, 나를 안전하게 가려줄 세상이 있는 곳으로. 네가 살아 있을 때 나는 너의 이야기를 쓰려고 생각한 적이 없다. 네가 죽고 나서야, 그것도 시간이 한참 지난 후에야 너의 이야기를 써야겠다는 생각이 들었다. 왜였을까, 모르겠어, 지금도 그 이유를 모르겠다. 하지만 나는 너의 이야기를 써야 해, 그러려면 나는 살아 있어야 한다. 살아서 안전한 곳으로 도망쳐야 해, 첫 문장을 시작해야 해, 그러면 마지막 문장도 쓸 수 있을 것이다. Un, deux, trois. Quatorzième 다음에는 quinzième가 온다. 14 다음에는 15가 오기 때문이다. 나는 몇 번째 숫자까지 셀 수 있을까. 오늘은 일요일이고 일주일은 7일이다. 5백만 원을 저축하는 데 소요된 일주일들은 파리에서 그것을 소모하는 데 걸린 일주일들보다 많았다. 나는 석 달 동안 5백만 원을 지출했고 그 뒤로는 곡예하듯 그곳에 머물렀다. 나는 한국으로 돌아오고 싶지 않았고 그건 얼마든지 무해한 짐승으로 있어도 좋을 단기 체류자의 막연한 환상과 서울의 가혹함과 아직 오지 않은 시간에 대한 두려움 때문이었다. 나는 거기서 머무는 동안 전미래라는 시제를 배웠고 지금 그것을 내 방식대로 완벽하게… 이해… 하는데… 나는 지금 머리채가 잡혀 있고… 벗어날 수가 없고… 13초. 어쩌면 10초… 미래든 전미래든 좋으니 내게는 시간이 필요하다.

아프다. 아파서 견딜 수가… 없다. 그리고 어떻게 되었더라, 5백만 원을 모두 써버린 다음에는 어떻게 지냈는지 잘 기억이 안 나, 여기저기 닥치는 대로 잠잘 곳을 구하고 일거리를 찾으면서 곡예하는 기분을 느꼈다는 것, 체류증을 얻어내기 위한 얄팍한 수단들에 대해 들었던 것, 옷을 잘 입고 다녀야 한다는 말을 들었던 것밖에는 별다른 기억이 나지 않는다. 결국 나는 런던과 홍콩을 경유해 서울로 돌아왔고 겨울이었다. 그해 겨울, 어느 새벽, 나는 방에 앉아 있었고… 초인종 소리가 들렸는데… 그래, 나는 누구시냐고 물었고… 너무 춥다는 대답이 들려왔다. 가늘게 떨리는 여자의 목소리였다. 여자는 울고 있는 것 같았고, 너무 춥다고, 추워서 견딜 수 없다고, 그러니 이불 한 채만 달라는 말을 반복했다. 나는 문을 열지 않았고, 일단 문밖의 사람을 믿을 수 없었고, 아니 그렇다기보다는 문밖의 사람이 실제로 존재하는 사람인지 확신할 수 없었다. 그래서 나는 묵묵부답으로 목소리가 물러가기를 기다리고만 있었다. 그는 발소리도 없이 가버렸고, 날이 밝아 문을 열었을 때, 문밖에는 아무도 없었다. 나는 이 일을 글로 쓰려고 여러 번 노력했고… 실제로… 여러 번 썼던 기억이 난다… 하지만 번번이 실패했고… 그때마다 나는 내가 실제로 문을 열지 않았기 때문에, 문을 열어주지 않았기 때문에 실패하는 거라고 생각했다. 그날 새벽에 있었던 일에 대해 들은 누군가는 목소리의 주인이 아마 유령일 거라고 했고, 나는 웃었고, 그러자 그는 유령들은 대개 추워한다고, 자못 심각한 얼굴로 말했다. 유령이건 사람이건 나는 문을 열었어야 했다. 그리고 점차 알게 되었지, 어떤 사람들은 유령이 되어서야만 목소리를 내게 된다는 걸, 전에도 목소리는 있었지만 누구의 이목도 끌지 못했으리라는 걸, 나는 알게 되었다. 그리고 너는 죽었고, 살아서 너는 내게 별다른 말을 하지 않았지만 나는 너를 써야겠다고 생각했고, 그리고… 유령의 귀환, 유령의 목소리에 대해서도 할 말이 많은데… 하지만 머리가, 머리카락이, 두 발이, 허리가, 어깨가, 등이, 가슴이, 심장이, 머리가, 두피가, 아파서, 너무 아파서, 이 이야기는 다음 기회에, 다음 기회란 것이 있다면, 그렇기를 바라지만, 진심으로, 진심이라는 것이 있다면,

왜냐하면 지금, 진심이라는 것이 존재하는지도 모르겠으므로, 통증이 진심이라는 것을 압도하고 있기 때문에, 아무튼, 다음 기회에, 있기를 바라며, 다시 이야기하기로 한다. 나는 네 이야기를 마저 해야 하는데, 이 말은 틀렸다. 네 이야기가 시작되지도 않은 것처럼 보이기 때문인데, 아니, 아무것도 보이지 않는다. 눈물이 앞을 가려… 울 생각은 전혀 없었는데… 일단 팔 하나를 움직이면… 나는 오른손잡이니까… 오른팔이 중요하다… 오른손으로 펜을 쥐어야 하니까… 오른손으로 문을 열었어야 했는데… 그의 말을 들었어야 했다. 이불을 주었어야 했다. 안으로 들였어야 했다. 어쩌면 그 사람도 맨발이었을 것이다. 어쩌면 그 사람도 할 이야기가 있었을 것이다. 안간힘, 안간힘을 써서 도망쳤을 것이다. 그래서 입을 막았던 청 테이프를 떼어내고, 맨발로, 초인종을 눌렀던 것인지도 모른다. 그러니까 네 장례식장에서 이자의 차에서 내리지 않은 걸 후회하기 이전에, 그날 새벽 이불 한 채 달라는 사람에게 문을 열어주지 않았던 걸 후회해야 했다. 무슨 말인지 모르겠군, 지금은 논리적으로 생각하는 것이 가능하지 않다. 아까도 말했던 것 같은데… 누구에게 하는 말인지는 알 수 없지만… 지금 나는 머리채가 잡혀 있고, 저 계단 아래쪽에는 아마 칼 한 자루가 뒹굴고 있을 것이고, 왼발은 열세번째 계단에, 아프고… 오

른발은 열두번째 계단에 아슬아슬하게 걸쳐져 있고, 마치 그
날, 승강장 턱에 부딪히고 선로로 떨어져버린 열쇠처럼, 아슬
아슬하게, 하지만 아직 떨어지지는 않았다. 저 칼을 쥐어야 하
는데… 저 칼을 손에 넣어야 한다… 한시라도 빨리… 아직 떨
어진 건 아니야, 곧 떨어질 수도 있지만, 장엄하고 비참하게,
아래로 굴러떨어질 수도 있지만, 아직 떨어지지는 않았다. 문
득… 노래 하나가 생각이 나… Row row row your boat… 어
기야 디여라 어기여차… 뱃놀이… 가잔다… 이미 지옥이니…
나도 유령이 된 것일까… 나는 비명을 질러야 하는데… 미래
의 어떤 시점… 그것이 올까… 몸에서 힘이 빠져나가고 있
어… 나는 시간을 세어야 하는데… 시간이 얼마나 흘렀을까…
그러니까… 그러니까… Row row row your boat… 뱃놀이를…
칼… 저 칼을 쥔다면… 펜 대신 칼을… 일단… 입에서 테이프
를 뜯어내고… 청색… 그날 나는 문을… 유령… 목소리… 아마
10여 초라고 생각되지만 실제로는 1초도 지나지 않았을 것이
다. 유령… 목소리… 너는… 너의 이야기는… 나는 굴러떨어
지기 직전이고… 눈은 녹아 흐르기 직전이고… 너는 죽기 직
전이고… 사흘… 1초… 나는 좀더 현명해져야… 했어야… 했
는데… RCA… 아니야… 시간이 없다… 좀더… 좀더 좋은 것
을… 생각하자… 이를테면 첫 문장 같은 것… 첫눈 같은 것…

아프다… 가뭄 속의 단비… 단자… 코드… 입력… 송출 오류…
ㄱ… r… 너는… 나는… 점차 알게 되었지… 어떤 사람들은…
유령이 되어서야만… 목소리를… 내게… 네게… 그런데 나
는… 지금… 이 순간… 굴러떨어지고… 한없이 오래… 지옥으
로… 굴러떨어지고… 자꾸만… 첫 문장을… 목소리… 비명…
왼발이… 눈앞이… 아무것도… 도저히… 아무것도… 나는…
입을… 열어야… 하는데… ㄹ… 다시… 하나… 셋… 둘…

은밀히 다가서다, 몰래 추적하다

내각의 합을 구하면 180도라고 한다. 삼각형을 두고 하는 말이다. 사각형의 네 내각의 합을 구하면 360도라고 한다. 소수점을 동반하지 않는 숫자를 읽으면 마음이 놓인다. 0으로 끝나는 숫자를 보면 마음이 놓인다. 도형들을 보면 마음이 놓인다. 정삼각형이나 정사각형이나 원을 보면 불안하다. 이등 변삼각형이나 직사각형을 보면 마음이 놓인다. 타원을 보면 불안하기도 하고 마음이 놓이기도 한다. 정확한 이유는 모르겠다. 정확한 이유를 몰라서 불안하기도 하고 마음이 놓이기도 한다.

자를 들고 창밖을 겨눈다. 창 너머로 옆집 옥상이 보인다. 옥상에 빨랫줄이 걸려 있다. 빨랫줄에 여자가 걸려 있다.

여자는 맨발이다. 여자가 빨랫줄 위에서 맨발을 까딱거리며 아슬아슬하게 균형을 잡고 있다. 오후의 햇빛에는 흰색과 주홍색이 섞여 있다. 빛그림자라는 말을 들어본 적이 있다. 여자가 걸려 있는 빨랫줄 밑에 누군가가 돗자리를 펴고 적색 고추를 늘어놓았다. 휴대폰을 들여다보며 간간이 웃음을 터뜨리는 여자가 누군가와 닮았다. 삼각형. 사각형. 원. 타원. 여자에게서 삼각형과 사각형과 원이 보인다. 여자의 얼굴은 타원에 가깝고 몸통과 팔다리는 사각형에 가깝고 손가락과 발가락은 삼각형에 가깝다. 가깝다. 가깝다. 가깝지만 결코 그것은 아니라고 생각하면 불안해진다. 여자에게서 시선을 거둔다. 창가에 화분이 놓여 있다. 산세비에리아 화분이다. 공기를 정화한다는 이유로 가져다 둔 식물이다. 내가 두지는 않았지만 식물의 형태와 화분의 형태가 마음을 놓이게 할 때가 있다. 가까이 다가가 식물을 바라보면 넓은 잎사귀들 안쪽에 여자가 잠들어 있다. 빨랫줄에 걸려 있는 여자와 다른 여자다. 일주일에 두 번 물을 주라는 말이 적힌 푯말이 화분에 꽂혀 있다. 스프레이로 물을 뿌린다. 여자의 머리카락과 검정색 스웨터와 검정색 바지가 젖는다. 스프레이로 분무되는 물에 여자는 잠에서 깨어나지 않는다. 물. 물방울. 원. 산세비에리아 잎은 이등변삼각형을, 잎사귀 사이에서 잠든 여자는 이등변삼각형과 직사각형과 타원을 닮았다. 여자가 숨을 들이쉬고 내쉴 때마다 얇은 스웨터가 달싹인다. 물을 흡수한 여자는 그새 조금 자란 것처럼 보인다. 삼각형과 사각형과 원이 커졌다. 다시 창밖을 내다보면 빨랫줄에 걸려 있던 여자가 사라지고 없다. 적색 고추가 건조되고 있다. 이등변삼각형. 건조된 고추를 갈면 고춧가루가 된다. 원. 원들. 사각형. 사각형들. 다시 화분을 바라보면 산세비에리아 잎사귀들 안쪽에 잠들어 있던 여자가 사라지고 없다. 죽어서 분해된 산세비에리아 잎은 아무것도 아니다. 그것은 어떤 도형도 그리지 못한다.

오늘은 네 강의가 있다. 첫 수업을 시작하는 날이다. 전철을 타는 내내 노약자석에 앉는다. 맞은편 상단에 광고가 걸려 있다. 여자가 목감기 치료제를 들고 있다. 치료제. 사각형. 여자. 원. 그러나 직선. 전철은 다섯 번 서고 출발한다. 전철이 여섯번째 정차한다. 출입문이 열린다. 많은 사람들이 한꺼번에 내린다. 승강장에 그림이 걸려 있다. 삼각형. 사각형. 원. 가까이 다가가니 청색과 백색과 흑색이 보인다. 하늘과 눈과 집이다. 사각형 집 위에 눈이 삼각형으로 쌓여 있다. 눈송이. 원. 더 가까이 다가가니 집 뒤에서 여자가 나타난다. 빨랫줄에 걸려 있던 여자다. 검정색 스웨터와 검정색 바지를 입은 여자다. 좀더 가까이 다가가니 액자에 끼워진 유리에 코가 닿는다. 여자가 흐트러진다. 눈을 감았다 뜨면 여자는 사라지고 없다. 내일의 오늘을 그려보기란 불가능하다. 내일의 내일도. 모레의 모레도. 다시 눈을 감았다 뜨면 집 뒤에서 여자가 나타난다. 빨랫줄에 걸려 있던 여자가 아니다. 전철이 승강장으로 진입하고 있다는 안내 방송이 들린다. 시간. 오후 6시 40분. 네 수업은 7시에 시작한다. 오전 7시가 아니다. 오후 7시다. 계단을 오르는데 누군가가 맞은편에서 빠른 걸음으로 내려온다. 꿈이다. 그러나 곧 꿈이 사라진다. 전철이 들어오는 소리가 귓가를 친다. 꿈이다. 꿈일 것이다. 누군가와 어깨가 부딪힌다. 퇴근시간이다. 지하 2층 승강장에서 지하 1층으로 올라온다. 전에 본 물품 보관함으로 다가간다. 물품 보관함은 사각형이다. 물품 보관함을 보면 납골당을 볼 때처럼 마음이 놓인다. 어떤 물건과 유골은 사각형 안에서 아늑함을 취할 수 있다. 혹은 아늑함에 취할 수 있다. 세 칸이 비어 있다. 정사각형은 모두 찼고 커다란 직사각형 세 칸이 남아 있다. 돈을 지불하고 물품 보관함의 문을 연다. 작은 유리병이 커다란 직사각형 물품 보관함에 놓인다. 작은 유리병은 밀봉되어 있다. 작은 유리병은 위에서 보면 원, 정면에서 보면 직사각형이다. 작은 유리병을 보면 마음이 놓인다. 그 안에 담긴 액체를 생각하면 불안해진다. 그래서 너는 작은 유리병을 보아서는 안 된다. 그래서 작은 유리병은 잠시 물품 보관함에 놓여 있어야 한다. 인파. 사람. 파도.

강의실 앞에 도착해서 시간을 확인하니 오후 6시 58분이다. 시간을 확인하기 전에 너의 존재를 먼저 확인한다. 너는 강의실 앞에서 낯선 사람과 이야기를 나누고 있다. 눈을 여러 번 감았다 떠도 너는 사라지지 않는다. 너를 그대로 지나쳐 강의실에 들어선다. 사각형. 책상. 사각형. 칠판. 사각형. 의자. 원. 시계. 삼각형. 그림자. 사각형. 창문. 강의실에 들어서니 마음이 놓인다. 아직 아무도 없다. 오후 6시 59분. 발소리가 들린다. 다섯 명이 연달아 들어온다. 도형들이 흐트러진다. 사람들이 자리에 앉는다. 오후 7시 정각. 네가 들어온다. 꿈이다. 아니다. 온몸의 혈액이 온몸의 구멍으로 쏟아진다. 꿈이 아니다. 착각이 아니다. 이마에서 검은 피가 흘러내린다. 무심코 손바닥으로 이마를 훔친다. 피가 아니라 땀이다. 한때 원이었던 땀방울이 이내 건조되어 사라진다.

칠판 앞 책상에 앉은 네가 강의실 안을 둘러본다. 두 사람이 숨을 헐떡이며 들어온다. 아홉 명. 안녕하세요. 네가 인사말을 건네자 일곱 명의 사람들이 대답한다. 안녕하세요. 너는 흰 종이를 들여다보며 이름, 이름들을 부르기 시작한다. 낯선 이름이 불릴 때마다 한 사람씩 대답한다. 하나. 둘. 셋. 다섯. 여섯. 일곱. 네가 여덟번째 이름을 부른다. 낯선 이름이다. 아무도 대답하지 않자 네가 의아하다는 표정으로 고개를 든다. 네 시선이 닿는 곳에 내가 있다. 아니다. 내가 없다.

나는 없다.

내일의 오늘을 그려보기란 불가능하다. 적어도 내게는 그렇다. 내일의 내일도. 모레의 모레도. 나로서는 예측할 수 없다. 나는 현재를 산다. 내게 시간은 오직 현재뿐이다. 오늘은 2015년 9월 1일이다. 오후 8시 29분. 메일 앱을 열어 네가 내 메일을 수신했는지 확인한다. 오늘 오후 7시 10분까지 나는 네게 278통의 메일을 보냈다. 어제 너는 나를 보았지만, 네게 날마다 메일을 보내는 사람이 나라는 건 알지 못한다. 그럴 것이다. 알지 못할 것이다. 너는 모른다. 모를 것이다. 오늘 오후 7시 10분까지 너는 278통의 메일들 중 아홉 통을 확인했다. 네가 그 메일들을 전부 꼼꼼히 읽었는지, 그냥 제목만 클릭하고 내용은 건성으로 훑었는지, 나로서는 알 수 없다. 나는 네게 보낸 메일들을 전부 기억한다. 사실이다. 사람들이 대개 오늘을 바탕으로 내일을 예측한다는 걸 알고 있다. 바탕. 밑바탕. 밑. 그림. 나는 어제로 오늘을 예측한다. 나는 오늘도 네게 메일을 보냈고, 너는 아직도 확인하지 않았다.

지금쯤 네가 뭘 하고 있을지 상상한다. 내게는 수많은 여자들이 있다. 다가가면 사라지는 여자들이다. 너를 처음 본 날이 어제는 아니었다. 나는 너를 그림 수업에서 본 적이 있다. 취미 미술을 교습하는 곳이었다. 네 책상에는 색연필 상자와 스케치북이 놓여 있었다. 그것들은 삼각형과 사각형이었다. 7개월 전이었다. 정확히는 192일 전이었다. 나는 그때 네가 그린 그림들을 정확히 기억한다. 너는 다람쥐를 그리고 있었다. 휴대폰에 저장된 사진을 바탕으로 다람쥐를 그리겠다고 했다. 강사가 왜 하필이면 다람쥐를 그리냐고 묻자 너는 웃었다. 흔히 머쓱하다고 하는 웃음이었다. 그렇게 웃어본 적이 없는 나는 네 표정을 따라해보려고 했다. 너는 수업에 두 번 참석했고, 두 번 다람쥐를 그렸다. 네 그림 실력은 엉망이었다. 각자 책상 앞에서 그림 그리기에 몰두하는 사이, 나는 네 옆모습을 바라보았다. 슬쩍 바라봤다고 해도 좋다. 네 얼굴은 이등변삼각형과 타원과 직사각형으로 구성되어 있었다. 도형. 네 얼굴은 다가가면 사라지는 여자들과 닮아 있었다. 너도 사라질까 싶어 눈을 여러 번 감았다 떴지만 너는 그대로 있었다. 눈을 감았다 뜰 때마다 네가 그리던 다람쥐의 형체가 분명해졌다. 네 형체도 분명해졌다. 사각형 속에는 또 다른 사각형이, 삼각형 속에는 또 다른 삼각형이, 원 속에는 또 다른 원이 있었다. 아니다. 사각형 속에는 삼각형이, 삼각형 속에는 원이, 원 속에는 사각형이 있었다. 계속해서 눈을 감았다 뜨느라 나는 그림을 그리지 못했다. 내가 그림 수업을 들었던 이유는 미술 치료를 권고받았기 때문이었다. 때문이었다. 때. 문. 백지에 가까운 도화지를 두 번 들고 집으로 돌아가자 아버지는 내가 세상을 인식하는 방식에 문제가 있다고 했다. 그건 나도 알고 있었다. 의사와 아버지가 나누는 대화를 들은 적이 있었다. 너는 세번째 수업부터 나타나지 않았다. 다른 수강생들의 대화에서 네가 소설가라는 걸 알았다. 가슴이 아팠다. 아픈 가슴을 손바닥으로 눌렀더니 손이 흉곽을 통과해 등으로 빠져나갔다. 세번째 수업에서 나는 너를 그렸다. 삼각형과 사각형과 원으로 구성된 너였다. 완성된 그림을 들고 집으로 돌아가자 아버지는 아무 말도 하지 않았다. 너를 그린 그림은 네가 아니었지만 너를 닮아 있었다. 눈을 감았다 떠도 그림 속의 너는 사라지지 않았다. 때문이었다. 나는 너를 그린 그림이 아주 마음에 들었다. 그래서 그 그림을 휴대폰 카메라로 찍어 네게 메일로 전송했다. 네 메일 주소는 알아내기 쉬웠다. 네 책이 나온 출판사에 전화를 걸어 물었더니 낯선 목소리가 네 메일 주소를 알려주었다. 나는 네게 메일을 보내기 시작했다. 너는 한 번도 내게 답장을 보내지 않았다. 너는 낯선 사람이 보내는 메일에 답장을 안 하는 편인지도 모른다. 처음 며칠은 애가 탔다. 몇 시간. 며칠. 몇 주. 몇 달. 흥곽을 통과해 등으로 빠져나 갔던 손이 제자리로 돌아왔다. 그 손으로 나는 그림을 그리고, 네게 메일을 쓴다. 나는 네 메일 주소를 이용해 너의 블로그 주소도 알아냈다. 간단했다. 네 메일 아이디로 된 네이버 블로그가 있었다. 그 블로그에 네 이름이나 성별이나 직업이 나타나 있지는 않았지만 나는 네 블로그라는 것을 확신했다. 너는 흰 셔츠 깃에 다람쥐 자수를 놓고 싶다고 했다. 너는 이번 겨울이 어서 지나가고 다시 겨울이 오기를 바란다고 했다. 너는 전라남도를 여행하다 "경치 좋은 곳 여기서 끝"이라는 푯말을 보았다고 했다. 전부 네 블로그에서 본 내용들이다. 네 블로그는 몇 달 전부터 닫혀 있다. 접속하면 프로필 사진과 블로그 제목과 열리지 않는 게시판 목록만이 보인다. 프로필 사진속 인물은 네가 아니다. 이미지 검색으로 알아낸 바에 의하면 마리안 페이스풀이라는 가수라고 한다. 모르던 이름이지만 이제는 안다. 나는 날마다 하루에도 몇 번씩 네 블로그에 접속하고 늘 같은 화면을 본다. 그러면 마음이 놓인다. 네가 블로그를 비공개로 설정한 후에도 포스트를 올리는지는 알 수 없지만, 어쨌거나 네가 블로그를 닫기 전까지 공개했던 모든 포스트는 내 노트북에도 저장되어 있다. 나는 그 글들을 가끔씩, 네게 메일을 보내는 횟수에 비하면 가끔씩, 꺼내 본다. 원본 파일이 사라질까 두려워 출력도 했다. 출력된 종이 뭉치가 사라질까 두려워 복사도 했다. 그마저도 사라질까 두려워진 나는 사본을 아홉 개 만들었다. 그리고 각각의 사본마다 모음과 자음으로 제목을 붙였다. 네 이름은 아홉 개의 모음과 자음으로 구성되어 있다. 나는 아홉 권의 사본을 아홉 개의 모음과 자음이 네 이름을 구성하는 순서대로 책꽂이에 꽂았다. 아홉 권의 책은 모두 같은 내용을 담고 있다. 제목만 다를 뿐이다. 나는 아홉 권의 책 겉장에 내 이름을 적을까 하다가 그만둔다. 그리고 첫번째 책을 꺼내 펼친다. ㅎ. 2011년 3월 8일. 내가 너를 모르던 날이다.

내가 너를 모르던 날은 자수를 놓기 전의 천처럼 여겨진다. 내게 시간이란 자수 같은 것이다. 직접 자수를 해본 적은 없지만 본 적은 있다. 동네 식당 벽에 자수 액자가 걸려 있었다. 나는 황태국을 퍼 먹으며 국화 자수를 멀거니 바라보았다. 자수는 천에 여러 가지 색실로 무늬나 그림을 수놓는 일이라고 한다. 너는 흰 셔츠 깃에 다람쥐 자수를 놓고 싶다고 했다. 내일 나는 너를 안다. 그러나 내일의 시간은 아름다운 무늬나 그림을 수놓았던 여러 가지 색실이 모두 뜯겨 나간 천처럼 여겨진다. 그 천에는 바늘이 여러 번 통과하고 실이 천을 움켜쥐고 있던 흔적이 남아 있을 것이고, 그 흔적을 통해 원래의 도안을 짐작할 수 있을 것이다. 그러나 무늬나 그림은 없을 것이고, 색도 없을 것이다. 바늘구멍들과 너덜너덜해진 천이 있을 것이다. 무언가가 있다가 사라진 자리를 보면 슬프다. 네게 보내는 메일에 나는 슬프다는 말을 많이 쓴다. 그건 내가 바늘에 찔리기를 무수히 반복한 끝에 얻어낸 아름다운 색과 무늬와 그림과 도형을 잃어버렸다는 기분이 들어서다. 내 마음이 서투르게, 어설프게, 난폭하게, 거칠게, 사납게, 아름답게, 서럽게, 더럽게, 찢어지게 찢겨 나간 자리에 내 그림이 있다. ㅗ. 두 번째 책의 제목이다. 9분이 지났다. 메일 앱을 열어 네가 나의 메일을 수신했는지 확인한다. 미확인. 내일 나는 너를 안다. 그러나 너는 내일 나를 안…… 아니다. 나의 내일은 네가 뜯겨 나간 나다. 나는 너의 바탕이다. 나는 너의 밑그림이다.

하루가 지났다. 어제는 어제가 되었다. 너는 사흘 전 숙제를 내주었다. 그림을 그려 오라고 했다. 너를 그려 오라는 말이 아니었다. 지도를 그려 오라고 했다. 그러면서 너는 일종의 지도를 그려 오라고 말했다. 일종의. 일종. 일. 종. 동네 하나를 상상하세요. 그 동네에는 길 다섯 개, 버스 정류장 하나, 편의점 하나, 세탁소 하나, 분식집 하나, 태권도장 하나, 간판점 하나, 철물점 하나, 미용실 하나, 노래방 하나, 선술집 둘, 가로등 열 개, 카센터 하나, 고깃집 하나, 배달 전문 중국집 하나가 있고 단독주택 여러 채와 빌라 여러 채, 신축 빌라 공사 현장 하나가 있습니다. 이 동네를 지도로 그려보세요. 그리고 이 동네에 사는 사람 세 명과 지나가는 사람 두 명을 상상하세요. 오늘 숙제는 이것입니다. 다음 주에는 여러분이 그린 지도를 바탕으로 소설을 쓰기 시작할 겁니다. 너는 이렇게 말하고 수업을 끝냈다. 네가 말하는 여러분에 나도 포함되는지 나는 묻고 싶었다. 그러나 묻지 않았다. 너는 구체적인 그림을 그려 오라고 했다. 밑그림이 구체적일수록 입체적인 소설을 쓸 수 있다고 했다. 너는 화이트보드에 직접 예시를 그렸다. 삐뚜름한 선들이 일그러진 도형들을 만들어냈다. (삐뚤어진) 삼각형, (삐뚤어진) 사각형, (삐뚤어진) 원. 네가 그린 거리에는 동물 병원과 자전거포와 카페와 카센터가 있었다. 네가 사는 동네를 대충 그려본 거라고 했다. 나는 그 지도를 바라보며 네가 어디쯤 살고 있을지 상상했다. 네가 네 집으로 들어가고, 네 집 창이 밝아지고, 네 집 창으로 텔레비전 소리가 흘러나오고. 나는 눈을 크게 감았다 떴고 네가 화이트보드에 그린 삐뚤삐뚤한 지도는 사라지지 않았다. 때문이었다. 질문하는 수강생이 있다. 네가 어느 동네에 사느냐고 물었다. 너는 비밀이라고 대답했다. 비밀이라는 단어가 도저히 건널 수 없이 깊고 넓은 강처럼 느껴졌다. 화이트보드에서 물이 쏟아지기 시작했다. 갑자기. 너와 나 사이에 거대한 강이 생겨났다. 두 발이 젖었다. 갑자기. 물은 순식간에 네 허리께까지 차올랐다. 너는 서 있었다. 나는 앉아 있었다. 내 눈 아래로 물이 출렁거렸다. 물은 이내 내 눈동자를 삼켰다. 물은 차갑지도 뜨겁지도 않았다. 때문이었다. 나는 눈물을 흘렸다. 한때 너와 나를 가르던 강은 너와 나를 집어삼켰다. 사각형의 책상과 사각형의 의자와 사각형의 화이트보드는 사라지고 없었다. 일그러진 도형을 닮은 다른 수강생들은 사라지고 없었다. 꿈이라고 생각했다. 눈을 크게 감았다 떴다. 꿈이 아니었다. 꿈이 아니라 착란이었다. 고개를 떨구자 펼쳐진 노트가 눈에 들어왔다. 아무것도 적히지 않은 미색 종이가 물에 젖어 있었다. 나는 고개를 들어 너를 바라보지 않았다. 너는 나를 바라보지 않았다. 너와 나는 우리가 되지 않았다.

　나는 젖지 않은 노트를 펼치고 지도를 그려보려고 한다. 너는 해상도라는 단어를 사용했다. 너는 어려서 컴퓨터를 처음 접했을 때 모니터에 바짝 붙어 그 안을 들여다보려고 했다고 말했다. 흑백 모니터였다고 했다. 눈을 가까이 가져다 대자 글자들이 점 단위로 분해되어 보였다고 했다. 그건 도트였다. 도트 하나로는 아무런 의미도 만들어내지 못한다고 했다. 도트가 작을수록, 그리고 도트가 많을수록 해상도가 높아진다고 했다. 그러면서 너는, 해상도가 높은 글을 쓰라고 했다. 수강생 하나가 정물화나 인물화, 풍경화를 그리라는 말이냐고 물었다. 너는 반구상화나 추상화에도 해상도가 있다고 대답했다. 나는 네 말의 의미를 알 수 없었다. 너는 해상도를 초과한다. 나는 너를 가까이서 보아야만 한다. 나는 너를 가까이서 보려고 네게 다가간다. 어느 순간, 눈을 감았다 뜨면, 나는 너를 통과한다. 나는 너를 계속해서 통과하고 있다. 너는 몇 개의 도트로 이루어져 있는가. 네게서 떨어져 나온 손톱 거스러미는, 너의 눈썹 한 올은 몇 개의 도트로 이루어져 있는가. 도트는 삼각형인가, 사각형인가, 원인가. 오각형이나 팔각형은 아닐 것이다. 삼각형과 사각형과 원이 아닌 도형들은 나를 불안하게 한다. 억지로 선을 두 줄 긋고 거리라고 생각한다. 억지로 사각형 다섯 개를 그리고 각각 세탁소, 철물점, 음식점, 술집, 카센터라 생각한다. 그 뒤에 억지로 사각형 하나를 그리고 네 집이라고 생각한다. 거리에 갑자기 소나기가 내린다. 소나기가 장맛비로 돌변한다. 너는 거리에 있다. 너는 맨발이다. 나는 네게 장화를 신겨주고, 우비를 입혀주고, 우산을 씌워준다. 너는 나를 돌아보지 않는다. 나는 발목까지 물에 잠겼다. 너는 등을 돌리고 걷기 시작한다. 너는 선분을 따라 위태롭게 걷는다. 빗물이 철벅거린다. 낮. 혹은 밤이다. 가로등이 켜진다. 거리를 지나가던 사람들이 일시에 사라진다. 아니다. 사람들은 처음부터 없었다. 너와 나 사이에 빗물이 강이 되어 흐른다. 너와 나는 같은 물속에 잠겨 있지만 결코 만나지 않는다. 너와 나 사이에 흐르는 강은 두 개의 평행선을 만든다. 나는 비가 더 사납게 퍼부어 수위가 높아지기를, 그래서 평행선이 사라지기를, 그래서 너와 내가 같은 물속에 완전히 잠기기를, 그래서 너와 내가 서로를 끌어안고 동시에 익사하기를 바란다. 나는 한때 백지였던 종이에 사나운 사선을 내리긋는다. 그러다 연필심이 부러진다. 부러져 나간 연필심이 튀어 올라 뺨을 때리고 떨어진다. 다. 다. 다. 어째서 모든 문장이 다로 끝나는가. 어째서 모든 문장이 다로 끝나나. 비가 그치기 전에 연필심이 부러져야 한다. 그래서 문장이 다로 끝나지 않아야 한다. 백지 위로 폭우가 퍼부었다. 다. 다. 다. 다다다. 다다. 다. 폭우가 지나갔는데도 폭우가 내리고 있다. 검은 빗줄기가 창살처럼 내리꽂혔다. 너와 나는 같은 감옥에 갇혀 있다. 검은 빗줄기가 바늘처럼 너와 내 위로 내리꽂혔다. 검은 실이 너와 나를 하나의 천에 수놓고 있다. 나는 너를 사랑하는데, 그것은 삼각형의 사랑이다. 어쩌면 사각형의 사랑이다. 어쩌면 원의 사랑이다. 빈 곳이 있다면 도형이 되지 못한다. 두 개나 세 개나 네 개의 선분으로 완벽하게 둘러싸인 도형은 그 자체로 충만하다. 폭우가 퍼붓는 거리에 너와 내가 있다. 너와 나는 같은 거리에 있지만 검은 빗줄기가 장막처럼 드리워져 나는 너를 보지 못한다. 나는 너를 사랑하는데, 그것은 평행선의 사랑이다. 이각형은 도형이 아니다. 그래서 나는 불안해진다. 불안은 들쭉날쭉한 파편들을 닮았다. 들쭉날쭉한 파편들이 나를 찌른다. 나는 들쭉날쭉한 파편들에 찔려 들쭉날쭉한 파편들이 된다. 나는 불안하다. 나는 파편들을 그러모은다. 손아귀에 가득 쥔 파편들이 나를 찌른다. 나는 나를 줍고 있다. 아무리 주워도 나는 나를 다 주워 모을 수가 없다.

또 하루가 지났다. 그러니까 여러 하루들이 지났다는 말이다. 오늘은 네 강의가 있다. 두번째 수업이다. 나는 전철을 타는 내내 노약자석에 앉아 있다. 맞은편 상단에 광고가 걸려 있다. 여자가 목감기 치료제를 들고 있다. 치료제. 사각형. 여자. 원. 그러나 직선. 목감기 치료제를 든 여자 위로 짧고 긴 사선들이 내리꽂힌다. 여자가 비명을 지른다. 들리지 않는 비명이다. 전철은 다섯 번 서고 다섯 번 출발한다. 전철이 여섯번째 정차한다. 출입문이 열린다. 많은 사람들이 한꺼번에 내린다. 승강장 벽에 그림이 걸려 있다. 삼각형. 사각형. 원. 가까이 다가가니 청색과 백색과 흑색이 보인다. 하늘과 눈과 집이다. 사각형 집 위에 눈이 삼각형으로 쌓여 있다. 눈송이. 원. 더 가까이 다가가니 집 뒤에서 여자가 나타난다. 너는 아니다. 목감기 치료제를 든 여자다. 여자는 노란색 원피스를 입고 있다. 목감기 치료제 상자는 빨간색이다. 좀더 가까이 다가가니 액자에 끼워진 유리에 코가 닿는다. 여자가 흐트러진다. 눈을 감았다 뜨면 여자는 사라지고 없다. 다시 눈을 감았다 뜨면 집 뒤에서 여자가 나타난다. 너는 아니다. 전철이 승강장으로 진입하고 있다는 안내 방송이 들린다. 어제는 오늘이 되었다. 오후 6시 40분이다. 네 수업은 7시에 시작한다. 오후 7시다. 계단을 오르는데 누군가가 맞은편에서 빠른 걸음으로 내려온다. 일주일 전과 같은 꿈이다. 그러나 곧 꿈이 사라진다. 전철이 들어오는 소리가 귓가를 친다. 누군가와 어깨가 부딪힌다. 퇴근 시간이다. 지하 2층 승강장에서 지하 1층으로 올라온다. 지상 1층으로 올라가기 전에 일주일 전 유리병을 넣었던 물품 보관함으로 다가간다. 물품 보관함은 사각형이다. 물품 보관함을 보면 납골당을 볼 때처럼 마음이 놓인다. 어떤 물건과 유골은 사각형 안에서 불안하지 않을 수 있다. 네 칸이 비어 있다. 4라는 숫자는 좋다. 4는 사각형을 만들 수 있다. 일주일 전 유리병을 넣었던 물품 보관함에 빨간색 표시등이 켜져 있다. 유리병을 꺼내려면 추가 금액을 지불해야 한다. 돈을 지불하고 물품 보관함의 문을 연다. 작은 유리병이 커다란 직사각형 물품 보관함에 놓여 있다. 작은 유리병을 보니 마음이 놓인다. 그 안에 담긴 액체를 생각하니 불안해진다. 그래서 너는 작은 유리병을 보아서는 안 된다. 그래서 작은 유리병은 보이지 않게 내 손안에 쥐여 있어야 한다. 유리. 병. 병. 인파. 사람. 파도. 액체. 무색. 투명. 냄새.

나는 일주일 전 오후 7시에도 이 자리에 있었다.

나는 일주일 전 오전 7시에도 이 자리에 있었다.

강의실 앞에 도착해서 시간을 확인하니 오후 6시 58분이다. 시간을 확인하기 전에 너의 존재를 먼저 확인한다. 너는 강의실 앞에서 누군가와 이야기를 나누고 있다. 강의실로 다가간다. 네게 다가간다. 네가 나를 본다. 나는 너를 본다. 나는 네게 고개를 숙인다. 여기서 너는 선생이다. 내가 고개를 든다. 네 얼굴이 싸늘하다. 네가 고개를 돌린다. 꿈이다. 꿈인가. 꿈일까. 꿈이 아니다. 내가 네게 억지로 말을 붙이려는 찰나, 네가 이야기를 나누던 사람과 복도 쪽으로 간다. 커피나 한 잔 뽑아 가죠. 네가 말한다. 내가 아닌 사람에게 하는 말이다. 네 뒷모습이 싸늘하다. 싸늘한 삼각형. 싸늘한 사각형. 싸늘한 원. 너를 구성하는 도형이 싸늘하게 일그러진다. 나는 왼쪽 어깨를 움켜쥔다. 온몸의 혈액이 왼쪽 어깨로 쏟아지고 있다. 나는 피로 범벅된 그림자를 끌며 강의실로 들어간다. 책상. 창문. 칠판. 의자. 벽. 천장. 형광등. 사각형. 사각형. 사각형. 사각형. 사각형. 사각형. 원. 사각형. 모든 도형이 축축하게 일그러진다. 앞이 보이지 않는다. 눈을 감았다 떠도 앞이 보이지 않는다. 나는 고개를 흔든다. 이리저리. 고개가 흔들릴 때마다 핏방울이 튄다. 사선으로. 너는 나를 보지 못했다. 너는 나를 보지 못했을 것이다. 그래서 돌아섰을 것이다. 그래서 내게 말을 붙이지 않았을 것이다. 나는 손안에 꼭 쥐고 있는 유리병을 더욱더 세게 쥔다. 유리병은 내 체온으로 미지근하다. 눈을 더욱더 세게 감았다 뜬다. 칠판이 보인다. 하얀 칠판에 여자가 나타난다. 그리고 사라진다. 하얀 칠판에는 마커로 그림을 그렸다 지운 자국이 있다. 자국이 미세하게 남아 있다. 내일이 자수 같은 것이라면 칠판은 어제 같은 것이다. 나는 손에

쥔 유리병을 주머니에 넣는다. 손바닥이 얼얼하다. 얼얼한 감
각은 이내 사라진다. 떨리는 손목을 들어 시간을 확인한다. 손
목. 시계. 손목시계. 7시 3분이다. 너는 3분 늦고 있다. 뒤를 돌
아보니 다섯 명의 사람들이 앉아 있다. 나는 맨 앞자리에 앉아
있다. 너를 가장 가까이서 볼 수 있는 자리다. 커피 냄새가 난
다. 달큰하다. 발소리가 들려온다. 문이 닫힌다. 네가 들어왔
다. 네가 종종걸음으로 칠판 앞으로 다가간다. 나는 눈을 크게
감았다 뜬다. 네가 보인다. 너와 나 사이에 격자창이 있다. 네
가 사각형 조각들로 나뉘어 보인다. 네 시선이 나를 향하지 않
는다. 나는 주머니에 손을 넣어 유리병의 표면을 어루만진다.
매끄럽다. 격자창 위로 빗줄기가 퍼붓는다. 네가 사선으로 일
그러진다. 나는 눈을 크게 감았다 뜬다. 칠판에서 여자가 나타
난다. 여자가 칠판 앞에서 심호흡을 한다. 여자가 몸을 둥글게
만다. 원. 여자가 앞구르기를 한다. 원. 여자는 원이 된다. 구가
아니다. 여자가 검은 원이 되어 굴러서는 강의실 밖으로 나간
다. 나는 다시 눈을 크게 감았다 뜬다. 여자가 있던 자리에 네
가 있다. 너는 오늘 출석을 부르지 않는다. 너는 지도를 그려
왔냐고 묻는다. 나는 대답하지 않는다. 너의 시선은 내 뒤쪽을
향해 있다. 너는 나와 눈을 마주치지 않는다. 나는 노트를 펼
친다. 한때 백지였던 사각형을 사선들이 가득 메우고 있다. 네

가 검은 사선들을 볼까 두려워 나는 다음 사각형을 펼친다. 백지. 백치. 나는 백치다. 네가 누군가를 지목한다. 내가 아니다. 한 사람이 앞으로 걸어 나와 칠판에 지도를 그린다. 선. 선들. 사각형. 사각형들. 삐뚜름한 도형들이 칠판을 가득 메운다. 칠판에 사선을 긋고 싶다. 도형들을 잔뜩 그린 사람이 무어라고 설명하지만, 그의 말이 전혀 들리지 않는다. 너는 고개를 끄덕인다. 여전히 내 쪽으로는 시선을 주지 않는다. 도형들을 그린 사람이 자리로 돌아간다. 너는 도형들을 설명하기 시작한다. 거리. 사람들. 시간. 소설. 시간. 선형. 평행선. 불규칙함. 그리고 욕망. 네가 삼각형이라는 단어를 입에 올린다. 욕망. 삼각형. 욕망의 삼각형. 매개자. 모방된 욕망. 너는 욕망의 삼각형이라 불리는 이론을 설명하고 있다. 내 심장은 욕망과 삼각형이라는 단어에 반응한다. 심장이 터지려고 한다. 네가 설명하는 삼각형은 정삼각형인가 이등변삼각형인가 삐뚤어진 삼각형인가. 나는 주머니에 손을 넣어 유리병을 움켜쥔다. 유리병이 터지려고 한다. 나는 차라리 유리병이 내 주머니 안에서 터지기를 바란다. 그러나 아무리 세게 쥐어도 유리병이 터지지 않는다. 유리병이 삼각형이 되었다가 사각형이 되었다가 원이 되었다가 다시 삼각형이 된다. 나는 나의 욕망에 대해 생각한다. 그것은 유리병 안에 있다.

너는 299통의 이메일들 중 아홉 통을 확인했다.

나는 너의 소설을 읽은 적이 없다. 나는 너의 소설을 읽고 싶지 않다. 너는 욕망의 삼각형에 대해 생각해보라고 했다. 너는 수업이 끝날 때까지 나와 시선을 마주치지 않았다. 너는 내 뒤쪽만 바라보았다. 나는 네게 질문하지 않았다. 너를 당황하게 하고 싶지 않았다. 나를 백지를 바라보다 고개를 들어 창밖을 내다본다. 옆집 옥상에 빨랫줄이 걸려 있다. 빨랫줄에 여자가 걸려 있다. 여자는 맨발이다. 여자가 빨랫줄 위에서 맨발을 까딱거리며 아슬아슬하게 균형을 잡고 있다. 아침이다. 오전의 햇빛은 무색투명하다. 햇빛에서는 아무런 냄새도 나지 않는다. 여자가 빨랫줄에서 가뿐히 내려온다. 여자가 준비운동을 한다. 여자는 앞구르기를 하려고 한다. 나는 눈을 크게 감았다 뜬다. 사라지지 않은 여자가 양팔을 어깨너비로 벌리고 몸을 아래로 숙인다. 여자의 몸은 이등변삼각형을 닮았다. 마음이 놓인다. 여자가 앞구르기를 한다. 햇빛에 말리려고 널어놓은 적색 고추들이 여자의 몸 아래서 짓이겨진다. 여자의 몸은 짧게 사각형이 되었다가 이내 원이 되고 이내 선이 된다. 삼각형의 욕망은 사각형이 되었다가 원이 되고 이내 선분

152

이 된다. 나의 욕망은 선이다. 나의 욕망은 선이 되어 너에게로 수직 상승한다. 나는 구체적인 소설에는 관심이 없다. 내가 소설 쓰기 수업을 수강한 이유는 너를 보기 위해서다. 내 욕망에는 매개자가 없다. 내 욕망은 곧장 너에게로 향한다. 그래서 나는 오늘도 아무것도 쓰지 않는다. 어제는 오늘이 되었고 오늘은 내일이 되겠지만 나는 현재를 살 뿐이다. 나와 시간은 영원히 평행선을 그린다. 선. 선들. 비참한 선들. 나는 산세비에리아 화분을 바라본다. 폭이 좁은 이등변삼각형 모양의 잎사귀 가장자리가 삐뚤삐뚤하다. 물을 주는 것을 잊어버린 모양이다. 내가 물 주기를 잊고 있었다. 스프레이로 물을 주려는데 물통이 비어 있다. 나는 산세비에리아의 중심부를, 그런 것이 있다면, 들여다본다. 눈을 감았다 떴는데도 여자가 나타나지 않는다. 나는 산세비에리아의 중심부를 향해, 그런 곳이 있다면, 침을 뱉는다. 침 성분의 99퍼센트는 물이라고 한다. 삐뚤삐뚤하던 이등변삼각형의 세 변이 순간 매끈해진다. 눈을 감았다 뜨면 다시 삐뚤삐뚤하다. 조금도 아름답지 않다. 나는 너의 싸늘한 표정을 떠올린다. 그 표정은 싸늘함이라는 단어를 초과했다.

다시 네 강의가 있는 날이다. 세번째 시간이다. 3이라는 숫자는 좋다. 3은 삼각형을 만들 수 있다. 첫 수업이 시작하고 2주가 지났다. 2라는 숫자는 나쁘다. 2로는 면이 만들어지지 않는다. 너와 나를 연결하려면 최소한 하나 이상의 숫자가 필요하다. 나는 전철을 타는 내내 노약자석에 앉아 있다. 맞은편 상단에 광고가 걸려 있다. 동절기 내의 광고다. 여자와 남자가 각각 회색과 검정색 내의를 입고 미소를 짓고 있다. 기분 나쁜 미소다. 나는 가방에서 노트를 꺼내 펼친다. 백지와 사선 들을 지나 삼각형과 사각형과 원의 페이지를 펼친다. 삼각형에서 사각형으로. 사각형에서 원으로. 미술 치료 시간에 나는 너를 그렸다. 그러자 선생은 도형들만 그리지 말라고 했다. 나는 그 선생이 무자격자라고 생각했다. 나는 너만 그렸다. 내가 그린 너는 아름다웠다. 아버지는 너를 그린 그림을 보고 고개를 숙였다. 삼각형. 사각형. 원. 아름다움. 완벽한 세계였다. 아버지는 더 이상 미술 치료를 받지 않아도 좋다고 했다. 나는 너를 그릴 수 없어서 슬펐고, 치료가 중단되어 기뻤다. 나는 네게 내 그림들을 보냈고, 네가 그 그림들을 보았는지는 알 수 없다. 나는 노트를 들여다본다. 발이 밟힌다. 누군가가 내 발을 밟았다. 상대방이 발을 뗀다. 나는 노트만 들여다본다. 발이 밟힌다. 누군가가 다시 내 발을 밟았다. 나는 노트만을 들여다본다. 상대방이 발을 떼지 않는다. 나는 내 노트만을 들여다본다. 노트. 노. 트. 누군가가 내 어깨를 친다. 두 번. 2라는 숫자는 나쁘다. 나는 고개를 든다. 노인이 나를 노려보고 있다. 나는 다시 노트를 바라본다. 갑자기 무언가가 머리를 때린다. 나는 고개를 치켜든다. 머리가 욱신거린다. 노인이 씩씩거리며 나를 노려보고 있다. 일어나, 쌍년아. 노인이 말한다. 내게 하는 말이다. 그럴 것이다. 꿈속에서는 통증이 느껴지지 않는다는 말을 들은 적이 있다. 그러나 나는 꿈속에서 통증을 느낀 적이 있다. 그러므로 지금이 꿈인지 아닌지는 알 수 없다. 나는 일어나지 않는다. 일어나라고, 씨발년아. 노인이 말한다. 나는 일어나지 않는다. 사람들이 웅성거린다. 다들 나를 바라보고 있다. 어째서 다들 노인이 아닌 나를 바라보고 있는지 알수가 없다. 나는 노트를 가방에 넣으며 자리에서 일어선다. 문득 주머니 속 유리병에 생각이 미친다. 증오가 솟구친다. 증오가 불길처럼 솟구쳤다가 싸늘하게 흘러내린다. 노인이 나를 밀치고 내가 앉아 있던 자리에 앉는다. 세 정거장을 지났다. 두 정거장 더 지나야 한다. 나는 유리병을 열어 내용물을 노인에게 사용할까 생각한다. 내가 생각하는 사이 한 정거장을 지나갔다. 나는 말없이 노인을 내려다본다. 노인은 눈을 감은 채 뒤통수를 벽에 대고 있다. 웅성거림은 어느새 잦아들었다. 웅성거림이 없다. 노인 옆에 앉은 사람이, 그러니까 내 옆에 앉아 있던 사람이 나를 곁눈질한다. 그가 나를 곁눈질하는 사이 한 정거장이 지나갔다. 나는 2분 뒤에 전철에서 내려야 한다. 그래야 늦지 않게 너를 볼 수 있다. 나는 주머니에서 유리병을 꺼낸다. 위에서는 원, 정면에서는 직사각형인 아름다운 갈색 유리병이 내 손에 쥐인다. 나는 노인의 어깨를 두드린다. 그가 눈을 뜬다. 나는 유리병을 그의 코 앞에 가져다대며 고개를 숙이고 속삭인다. 개새끼야, 면상을 녹여줄까. 그가 몸을 파르르 떤다. 그는 불안해졌다. 나는 그의 불안을 볼 수 있다. 나는 불안하지 않다. 전철이 속력을 늦춘다. 전철이 정지한다. 출입문이 열린다. 나는 그에게서 몸을 돌려 전철에서 내린다. 오후 6시 40분이다. 나는 지하 2층에서 지하 1층으로 올라간다. 지하 1층 다음에는 지상 1층이 있다. 나의 욕망은 이렇게 수직으로 상승한다. 오늘 나는 물품 보관함을 그대로 지나친다. 사람들. 인파. 파도. 너울. 파동. 나는 너에게로 향한다. 내가 네게 닿는 순간, 너는 도형 아닌 것으로 일그러질 것이다. 너는 도형 아닌 것으로 일그러지다 마침내 점이 될 것이다. 삼각형도 사각형도 원도 아닌 점이 될 것이다. 내가 네게 닿는 순간, 내 욕망은 점이 되어 소멸할 것이다. 나는 주머니 속의 유리병을 움켜쥔다. 나는 눈을 크게 감았다 뜨지 않는다. 나는 아무것도 착각하지 않는다. 착각이 없다.

나는 일주일 후 오전 7시에도 이 자리에 있다.

나는 일주일 후 오후 7시에도 이 자리에 있다.

나는 있다.

내가 있다.

그는 54세였고, 정신은 온전했고, 몸은 썩어가고 있었다. 그는 죽었다. 젊어서 죽은 사람의 특징이 있을 만한 나이도, 젊어서 죽은 자들에 대한 슬픔이 생길 만한 나이도 아니었다. 죽음이라는 막연한 슬픔 정도가 있을 뿐이었다. 그는 54세에 죽었고, 그에게는 그의 죽음을 슬퍼할 사람이 없었다. 그를 기억할 사람도 없었다. 그는 이미 죽었으므로, 그런 사람들에 대한 소유권을 주장할 수도 없었다. 죽음은 모든 사물, 사람, 자기 자신, 그리고 시간과 공간에 대한 소유권을 상실하는 것이었다. 그것이 무참하게 슬펐다. 그는 54세에 죽었고, 슬픔을 느끼지 않았다. 그것이 무참하게 슬펐다.

그리고 나는 잠에서 깨어난다.

한 문장도 쓸 수가 없다. 그래도 아직까지는 문장을 구성하는 최소한의 능력만큼은 상실하지 않은 것 같다. 한 문장도 쓸 수가 없다는 문장만큼은 얼마든지 쓸 수 있다. 그러니 앞의 문장은 거짓말이다. 거짓말은 견딜 수 있다. 견딜 수 없는 것은 한 문장도 쓸 수가 없다는 문장으로 글을 쓰기 시작하는 것이다. 한 문장도 쓸 수가 없다는 첫 문장을 쓰지 않으려고 오랫동안 책상 앞에 앉아 있었다. 한 문장도 쓸 수가 없다는 첫 문장을 여러 번 쓰고 지웠다. 그 후 잠들었고, 꿈을 꾸었고, 꿈에서 그는 54세였고, 정신은 온전했고, 몸은 썩어가고 있었다는 문장으로 시작하는 책을 읽었다. 책 속의 문장들을 기억하려고, 꿈속이라는 것을 알고 있었으므로, 사력을 다해 문장들을 여러 번 되짚어 읽으며 암기했다. 잠에서 깨어나는 순간, 꿈의 페이지가 덮이는 순간, 이미 외워버린 문장들이 한순간 사라져버린다는 것을, 꿈속에서도 알고 있었다. 꿈속의 문장들은 제법 근사하게 여겨졌다. 페터 한트케를 연상시키는 문장들이었다. 54세의 주인공은 페터 한트케의 소설 속 인물들처럼 행동했다. 꿈속에서도 내가 오랫동안 한 문장도 쓰지 못했다는 것을 알고 있었다. 그래서 페터 한트케를 어설프게 베긴 것처럼 보이는 문장들일지라도 놓치고 싶지 않았다. 꿈속에서도 그 문장들이 내가 쓴 것인지, 혹은 다른 누군가가 쓴 것인지 알 수 없었다. 그럼에도 불구하고 그 문장들을 내 것으로 하고 싶었다. 그 문장들에 대한 소유권을 주장하고 싶었다. 꿈속에서도 그 문장들이 제법 근사하기는 하지만 그 자체로는 아무런 힘도 발휘하지 못한다는 것을 알고 있었다. 그럼에도 불구하고 그 문장들을 철저히 내 것으로 하고 싶었다. 쉼표 하나까지 내 것으로 하고 싶었다. 꿈속에서도 꿈속이라는 것을 알고 있었다. 페이지를 찢었으나 찢어지지 않았다. 나는 꿈에서 여러 번 죽은 적이 있었다. 사력을 다해 페이지를 찢었으나 찢어지지 않았다. 이미 여러 번 죽은 적이 있었으므로 사력을 다한다면 죽을 수도 있었다. 글자들은 완강하게 페이지를 고집했다. 아니다. 글자들은 그대로 있었다. 쉼표 하나까지 그대로 남아 있었다. 아니다. 페이지는 완강하게 글자들을 고집했다. 글자들이 찢겨 나갔으나 찢겨 나가지 않았다. 날이 밝아오고 있었다. 꿈속에서도 새벽을 감각할 수 있었다. 처음에는 글자와 글자 사이로 내려앉다가 곧 빈틈없이 모든 행간을 메우고 마지막에는 모든 문장을 압도하는 새벽이 다가오고 있다는 것을 느낄 수 있었다. 나는 꿈속에서 죽지 않았다. 지치지도 않았다. 그저 페이지를 찢는 무의미한 동작을 사력을 다

해 반복했다. 찢었으나 찢어지지 않았다. 없는 페이지를 움켜
쥐었다. 없는 문장들을 외웠다. 없는 인물들이 없는 행위를 반
복했다. 그리고 나는 잠에서 깨어났다. 몇 개의 문장들이 남았
지만 꿈속의 문장들은 아니었다. 그것이 슬펐다. 무참하도록
슬프지는 않았다. 무참하다는 표현을 언제 어디서 어떻게 사
용해야 하는 것인지도 알 수 없었다.

　　그리고 나는 꿈속의 문장들을 빌려 글을 시작한다. 그러
나 잠에서 깨어나는 순간 사라져버린 문장들을 되찾지 못한
다면 글을 끝낼 수 없을 것이라고 생각한다. 그러나 꿈속에서
잃어버리거나 꿈속으로 사라져버린 것들을 되찾았던 적은 없
다. 그는 54세였고, 정신은 온전했고, 몸은 썩어가고 있었다.
그리고 다음 문장에서 그는 죽었다. 그의 이름도, 성별도, 나
이도, 직업도 알려지지 않았다. 희미한 기억에 의하면 그는 조
립공도 축구 선수도 아니었고, 한국인도 오스트리아인도 아
니었다. 페터 한트케의 소설들을 좋아하지만 그의 문장을 베
끼고 싶다고 생각한 적은 없다. 나는 오랫동안 한 문장도 쓰지
못했다. 거짓말이다. 여러 문장들을 썼으나 모두 지웠다. 그
러나 가끔 거짓으로라도 하나 이상의 문장들을 써야 할 때가
있다. 지금이다. 여전히 한 문장도 쓸 수가 없다. 그래도 아직
까지는 문장을 구성하는 최소한의 능력은 잃지 않은 것 같다.

한 문장도 쓸 수 없다는 문장은 얼마든지 쓸 수 있다. 지루하다. 진부하다. 지리멸렬하다. 지겹다. 지난하다. 심난하다. 심란하다. 산란하다. 이런 형용사들은 얼마든지 있다. 그동안 쉽게 써왔던 문장들을 생각한다. 나는 너무 쉽게 써왔다. 단어를. 문장을. 글을. 그리고 지금 울고 싶다고 생각하며 한 문장도 쓸 수 없다는 문장을 반복한다. 울고 싶다는 감상주의를 배격해야 한다고 생각하면서도 차라리 울고 그래서 어떤 문장을 쓸 수 있다면 좋겠다고 생각한다. 눈물은 신체의 일부인가, 눈물에 대해서는 어떤 소유권을 주장할 수 있는가. 나는 울지 않는다. 나는 쓴다. 나는 쓰지 않는다. 나는 운다. 거짓말이다.

공책을 뒤적인다. 짧은 메모들이 두서없이 적혀 있다. 발화점을 갖지 못한 메모들이다. 집 안에서 관엽식물이 얼어 죽었다. 네가 죽은 뒤 나는 네가 기르던 관엽식물에게 물을 주지 않았다. 겨울이 되었고 난방장치가 고장 났다. 나는 식물의 이름을 알지 못했다. 커다란 녹색 잎사귀가 여럿 달린 식물이었다. 녹색 잎사귀는 가장자리부터 점차 누렇게 변해갔다. 식물이 죽어가고 있었다. 그러나 식물은 말라 죽기 전에 얼어 죽었다. 내가 식물을 죽이지 못했다는 것이 분했다. 식물을 죽인 것은 추위였다. 집 안에서 물이 얼었다. 끔찍한 한기였다. 나는 최하연의 시구를 주문처럼 외고 있었다. 얼어 죽어라, 얼어 죽어라. 그 구절의 앞과 뒤는 기억나지 않았다. 나는 식물에 손대지 않고 식물을 죽이고 싶었다. 식물의 생명력은 끈질겼다. 식물은 물 없이 두 달가량을 버텼다. 그리고 말라 죽기 전에 얼어 죽었다. 농을 뒤지다 전기장판을 발견했다. 110볼트 콘센트가 달려 있었다. 사용할 수 없는 물건이었다. 날이 풀리고 있었다. 얼음물을 마시며 나는 말라 죽지도 얼어 죽지도 않았다. 공책에 이런 메모가 적혀 있었다. 그 뒷면에는 얼어 죽어라, 얼어 죽어라가 한 페이지 가득 적혀 있었다. 나는 꿈속에서 54세로 죽은 사람과 관엽식물을 남기고 죽은 사람을 동일인으로 간주하기로 한다. 그리고 실패한다. 나는 무언가를 보여주고 싶기도 하고, 아무것도 보여주고 싶지 않기도 하다. 나는 무언가를 드러내고 싶기도 하고, 아무것도 드러내고 싶지 않기도 하다. 나는 보여주지 않는 것으로 보여주고 싶고, 보여주지 않는 것으로 보여주고 싶다. 고갈된 기분이다. 그러나 나는 고갈이 무엇인지 정확히 모른다. 어떤 단어들은 함부로 써서는 안 되는 것처럼 여겨진다. 그러나 나는 항상 모든 단어를 함부로 써왔다. 함부로 쓰지 않고서는 아무것도 쓸 수가 없다. 모든 단어가 함부로 써서는 안 되는 것처럼 여겨진다. 나는 의심의 대상이다. 나는 늘 거짓말을 하고 있었다. 나는 거짓말을 하고 있다는 거짓말을 하고 있다는 의심의 대상이다. 나는 지금도 거짓말을 하고 있다. 아무것도 쓸 수 없기 때문이다. 아무것도 쓸 수 없다는 말을 나는 이렇게 끝없이 이어갈 수 있다. 내게는 반복을 반복하는 능력이 있다. 제거하고 싶은 능력이다.

그리고 나는 잠에서 깨어난다.

겨울, 실내에서도 한기가 느껴진다. 영하의 기온이다. 사람들이 하나둘 방 안으로 들어온다. 커피 냄새가 난다. 누군가가 말을 걸어온다. 오늘로 학회는 끝난다. 내일 트레킹이 예정되어 있다. 강의 이름은 한탄이다. 새와 야생동물 들을 볼 수 있다고 한다. 운이 나쁘면 얼음이 깨져 발을 적실 수도 있고, 운이 좋으면 독수리를 볼 수 있다고 한다. 무엇이 운이 나쁘고 무엇이 운이 좋은지 설명만 들어서는 판단하기 어렵다. 수십 년 전에 미국으로 이민을 간 먼 친척 어른의 딸이 기르던 개를 독수리가 채어 갔다는 이야기를 들은 적이 있다. 그 동네에서는 독수리에게 갓난아이를 잃은 여자가 산다는 이야기도 들었다. 내가 이렇게 말하자 상대방은 한국의 독수리는 몸집이 작으며 내일 예정된 트레킹에 갓난아이나 개를 동반할 사람은 없다고 말한다. 커피 냄새가 난다. 커피를 마시지 않아

도 예정된 뒷맛을 느낄 수 있다. 달고 쓰다. 사람들이 착석한
다. 발표자가 앞으로 걸어 나온다. 사람들이 박수를 친다. 수
식이 칠판을 메운다. 집합론. 강제법. 체르멜로─프렝켈. 나는
발표자가 말하는 내용을 대부분 알아듣지 못한다. 체르멜로
라는 이름이 첼로와 포르토벨로를 연상시킨다. 첼로는 본 적
이 있고 포르토벨로에는 가본 적이 없다. 앞에 앉은 사람의 뒷
모습이 눈에 들어온다. 짧게 깎은 머리카락에 드문드문 새치
가 섞여 있다. 오십대 중반쯤 되었을 것이다. 고개를 살짝 틀
어 그의 옆모습을 관찰한다. 아는 사람이다. 발표자가 또 다른
수식을 읊는다. 그의 말을 전혀 알아들을 수 없어 따분했던 나
는 앞에 앉은 사람을 관찰하기로 한다. 그는 학자다. 내가 알
기로 여러 권의 책을 썼고, 여러 권의 책을 번역했다. 나는 주
변을 돌아본다. 그러다 누군가와 눈이 마주친다. 모르는 사람
이다. 학회장에는 안면이 있는 사람이 절반, 미지의 인물들이
절반 있다. 정확히 절반은 아닐 수도 있다. 그리고 나는 알지
만 나를 모르는 사람들도 있다. 그들은 정확하지 않은 절반 사
이에 속한다. 대부분 사람들은 칠판에 눈을 고정하고 발표자
의 말에 집중하고 있다. 나는 상반신을 느슨하게 등받이에 기
댄 채 앞에 앉은 사람을 본격적으로 관찰한다. 내가 알기로 그
는 오십대 중반쯤 되었을 것이다. 그의 왼쪽 의자에는 가방이,

오른쪽 의자에는 트렌치코트가 놓여 있다. 그의 양옆에는 아무도 앉아 있지 않다. 그는 흰 셔츠를 입고 있다. 셔츠의 목깃은 깨끗하다. 적어도 내게 보이는 부분은 깨끗하다. 그는 검정색 코듀로이 바지를 입고 있다. 구두는 의자에 가려져 잘 보이지 않는다. 그는 발표자의 말에 집중한다. 적어도 그렇게 보인다. 그의 책상에는 발제문과 모나미 볼펜 하나, 안경 하나가 놓여 있다. 그는 안경을 쓰고 있다. 그러니까 그에게는 두 개의 안경이 있다. 그는 흰 셔츠 위에 트위드재킷을 입고 있다. 학자다운 옷차림이다. 학자다운 옷차림이 무엇인지는 정확히 알 수 없다. 하지만 그는 어느 장소에 있더라도 학자처럼 보일 것 같다. 그가 안경을 벗고 책상에 놓여 있던 안경을 쓴다. 하나는 근시용, 하나는 돋보기일 것이다. 발표자는 영어 명사와 한국어 조사, 영어 동사와 한국어 어미로 구성된 문장을 사용한다. 나는 그의 말을 머릿속으로 받아 적다가 그만둔다. 수식과 문장을 일치시킬 수 없다. 앞에 앉은 사람의 트위드재킷 소맷부리가 미세하게 닳아 있다. 학자는 모나미 볼펜으로 발제문의 여백에 무언가를 적고 있다. 글자는 보이지 않는다. 그의 나이가 새삼 궁금하다. 오십대 중반쯤 되었을 것이다. 54세는 아닐지도 모른다. 그의 정신은 아마 온전할 것이고 몸이 썩어가는 것처럼 보이지는 않는다. 그는 안경을 벗고 안경을 쓰지 않는다. 그의 책상에는 두 개의 안경이 놓여 있다. 그는 책상으로 엎드리다시피 고개를 숙이다가 다시 등을 펴고 발제문을 눈 가까이로 가져다 댄다. 그는 발제문을 얼굴 가까이 붙이다시피 하고 있다. 그의 가방과 그의 트렌치코트는 그의 양옆에 그대로 놓여 있다. 칠판에 다른 수식이 적힌다. 그가 손에 쥔 종이가 떨린다. 온풍기 바람 때문일 수도 있고, 수전증 때문일 수도 있다. 수전증 때문이라기엔 종이가 떨리는 정도가 크지 않다. 그에게 내 눈을 주고 싶다.

아니다. 그의 시력을 내 것으로 하고 싶다. 내게는 칠판과 종이와 글자와 문장과 얼굴과 얼음과 독수리가 보인다. 내게는 그것들이 지나치게 잘 보인다. 그러니 그에게 내 눈을 주고 싶다. 그는 내 눈으로 더 좋은 것, 더 나은 것, 더 훌륭한 것을 보고 쓸 수 있을 것이다. 그가 54세이고 정신은 온전하지만 몸은 썩어가고 있다고 가정한다. 그를 관찰해서 구체적인 죽음을 쓸 수 있을지도 모른다. 그러나 구체적인 죽음은 무엇인가. 그리고 나는 어째서 늘 누군가의 죽음을 필요로 하는가.

발표자가 발표를 마친다. 박수. 다음 발표자가 앞으로 나온다. 박수. 나는 발제문을 펼친다. 3면에 "알랭 바디우의 존재론적 집합론"이라는 제목이 적혀 있다. 알랭 바디우는 아는 이름이다. 하지만 이름을 안다고 해서 존재론적 집합론이 설

— 저녁에 눈이 그칠 거야⋯⋯

휴대폰을 들고 있는 사람에게 담배를 내던진 사람이 말한다.

— 내가 얼마나 원통한지 알아?

휴대폰을 들고 있는 사람은 통화를 계속한다.

— 별문제는 없겠지⋯⋯

나는 다 피운 담배를 발 아래 던진다. 그리고 발로 짓이긴다. 눈이 덮을 것이다. 담배를 내던진 사람이 나를 바라본다. 나는 고개를 돌리고 다시 출입구로 향한다. 유리문. 복도. 형광등. ⋯⋯하나를 존재가 아닌 작용으로 파악합니다⋯⋯ 발표자의 목소리가 희미하게 들려온다. 다 피운 담배의 뒷맛이 쓰고 달다. ⋯⋯수학이 설명하지 못하는 것을 시가 설명할 수 있을까요⋯⋯ 나는 방 안으로 들어간다.

그리고 나는 잠에서 깨어난다.

꿈은 없었다. 혹은 기억나지 않는다. 식당으로 내려가니 이미 대부분의 사람들은 아침 식사를 마친 후다. 누군가가 반 시간 뒤 현관 앞으로 모이라고 소리친다. 누군가가 다가와 인 사를 건넨다. 나는 주위를 둘러보며 어제 내 눈을 주고 싶다고 생각했던 학자를 찾는다. 트위드재킷을 걸친 학자가 냅킨으 로 입가를 닦고 있다. 오늘은 그에게 내 눈을 주고 싶지 않다. 아직 보고 싶은 것들이 있다. 그것이 무엇인지를 모를 뿐이 다. 어느 영화에서 꿈에 반복적으로 나타나는 여자를 찾아 무 작정 대도시로 온 사람을 본 적이 있다. 그는 인구밀도가 높은 대도시에는 여자들도 많을 테니 꿈속의 여자가 있을 확률도 크다고 말했다. 그는 옳다. 그는 죽을 때까지 꿈속의 여자를 만나지 못할지도 모른다. 그러나 그에게는 미량의 가능성이 있다. 내가 보고 싶은 것이 무엇인지는 모른다. 그러나 두 눈 이 있는 한 보고 싶은 것을 보게 될 미량의 가능성이 있다. 커 피를 마시고 빵을 썹으며 내가 아직 보지 못한 것들을 생각한 다. 보지 못한 것들을 생각할 수는 없다. 보지 못한 것들을 볼 수도 없다. 누군가가 다른 누군가의 등산용 스틱에 걸려 넘어 진다. 유리잔이 깨진다. 유리잔이 바닥과 충돌해 산산조각 나 는 소리를 들으며 나는 유리잔이 깨지는 모습을 본 것 같다고 생각한다. 아닐 것이다. 나는 안경을 써본 적이 없다.

트렁크에 삽이 들어 있다. 버스를 기다리는 동안 트렁크에서 삽을 꺼내 올까 생각한다. 개를 묻었던 삽이다. 개라는 명사는 개 같다. 다시는 개를 기르지 않을 것이다. 나는 트레킹이 두렵다. 야생동물의 사체를 볼 것 같아서다. 그래서 삽을 꺼내 올까 생각한다. 야생동물의 사체를 얼음에 묻고 싶다. 하지만 트레킹 도중에 야생동물의 사체를 볼 가능성은 크지 않다. 나보다 다른 사람들이 먼저 볼 수도 있다. 어쨌거나 삽을 꺼내 올까 생각한다. 스틱을 대신해 삽을 사용할 수 있을지도 모른다. 그러나 삽으로 야생동물의 사체를 묻고 싶다기보다는 개를 묻었던 삽을 얼음에 묻고 싶다. 얼음이 녹을 때 나는 그곳에 없을 것이다. 얼음이 녹아 사체와 삽이 드러나도 나는 그것을 보지 못할 것이다. 개가 죽어서 다행이라는 생각이 든다. 죽은 개는 다시 죽을 수 없기 때문이다. 개가 죽었으므로 나는 없는 개에 대한 소유권을 주장할 수도 없다. 이제 나는 삽에 대한 소유권도 상실하고 싶다. 그러나 버스가 도착한다. 사람들이 일렬로 버스에 오른다. 강의 이름은 한탄이다. 한탄 강은 처음이다.

한동안 모래톱을 따라 걷는다. 강물이 단단하게 얼어붙은 지점이 나타난다. 강으로 내려간다. 아니다, 언 강으로 올라간다. 얼음 위로 어제 내린 눈이 쌓여 있다. 나는 스틱을 가져오지 않았다. 삽을 가져왔어야 했다. 얼음 밑에 눈을 묻고 싶다. 내 눈을 얼음 밑에 묻고 싶다. 앞에서 두 사람이 걸어간다. 한 사람은 어제 발표자로 나왔던 수학자다. 그들이 몇 마디를 주고받는다. 무슨 말인지는 들리지 않는다. 나는 운동화를 신고 있다. 벌써 발끝이 얼어붙은 기분이다. 햇빛이 눈부시다. 눈이 부셔 손으로 차양을 만든다. 졸음이 쏟아진다. ……한국에서는 아직 논문이 많이 나오지 않죠…… 앞사람의 말이 들려온다. 이렇게 아무런 생각도 들지 않게 하는 말이 있다니, 나는 생각한다. 누군가가 뒤에서 말을 걸어온다.

— 제대로 된 신발 없어요?

뒤를 돌아본다. 세번째 발표자로 나왔던 사람이다. 그는 소설가다. 그는 내 답변을 듣는 대신 몸을 옆으로 돌려 사진을 찍는다. 나는 그의 등산화를 내려다본다. 그리고 처음으로 등산화라는 물건을 가까운 거리에서 보고 있다고 생각한다. 여전히 눈이 부시다. 빙벽이 나타나고, 화강암 지대가 나타난다. 눈을 뒤집어쓴 화강암 바위들은 거대한 버섯이나 비행접시처럼 보인다. 거대한 버섯도 비행접시도 실제로 본 적은 없다.

그러나 거대한 버섯이나 비행접시를 실제로 본다고 하더라도 화강암 바위처럼 생겼다고 생각하지는 않을 것이다. 내게는 제대로 된 신발이 없다. 그리고 어떤 사물의 닮은꼴을 연상하는 과정의 수수께끼를 생각한다. ……여긴 사실 용암지대라고 하네요…… 앞사람의 말이 들려온다. 이어질 말이 듣고 싶어 발걸음을 재게 놀린다. 그리고 넘어진다. 몇몇이 돌아보고, 그들 중 몇몇이 웃음을 터뜨린다.

— 제대로 된 신발 없어요?

듣지 않아도 좋을 말이다. 엉거주춤 일어나 눈을 털어낸다. 나는 33세이고, 정신은 온전하고, 몸은 썩어가고 있다. 혹은 그 반대이거나. 정신은 썩어가고, 몸은 온전하다. 아니다. 정신은 온전하고, 몸은 온전하다. 아니다. 넘어지던 순간 트렁크라는 단어를 떠올렸다. 트렁크에 삽이 들어 있던가. 삽으로 개를 묻었던가. 개가 죽었던가. 개를 길렀던가. 나는 다시 걷기 시작한다. 사람들은 언젠가부터 조용히 강을 따라 걷고만 있다. 강폭이 좁아지고 텐트가 나타난다. 텐트 밖에 등산화 한 켤레가 놓여 있다. 나는 등산화를 훔쳐 달아나고 싶다고 생각한다. 그러나 그 전에 미끄러져 넘어질 것이다. 내가 미끄러져 넘어지는 것은 등산화를 훔치기 전일까, 훔친 뒤일까. 요철이 심한 암벽지대가 나타난다. 이런 지형을 부르는 명사를 알고 있다. 그러나 기억나지 않는다. 기억나지 않는 지식을 지식이라 부를 수 있을까. 갑자기 하늘에 점이 나타난다. 손가락 사이로 하늘을 올려다본다. 점이 가로로 길어진다. 독수리다. 사람들이 환호성을 올린다. 망원경을 꺼내는 사람도 있다. 학자는 아니다. 그러고 보니 학자가 보이지 않는다. 그는 방한복을 가지고 오지 않았을 것이다. 트위드재킷에 트렌치코트 차림으로 트레킹에 나설 생각도 없었을 것이다. 그도 제대로 된 신발을 가져오지 않았을 것이다. 나는 삽을 가져오지 않았다. 가로로 길어지던 점이 위로 솟구친다. 독수리의 그림자가 작은 얼룩이 되어 눈을 더럽힌다. 나는 오늘의 기억을 바탕으로 한 편의 글을 쓸 수 있겠다고 생각한다. 그러나 본 것이 많지 않다. 삽을 가져왔어야 했다. 나는 죽음에 대해 쓰고 싶다. 야생동물의 사체를 직접 목격하고 그것을 토대로 죽음에 관한 글을 쓰고 싶다. 사람의 사체를 목격한다면 어떨까. 그러나 내 알량한 글 하나를 위해 사람의 사체를 보고 싶다고 생각하는 것은 비윤리적으로 여겨진다. 그러나 이는 야생동물의 사체에 대해서도 마찬가지다. 나는 혼란스럽다. 무엇을 쓰고 무엇을 쓰지 않아야 하는지 알 수가 없다. 무엇을 어떻게 쓰고 무

그가 말한다.

──눈이 이렇게 많이 와서.

아무려나 그는 나로서는 알 수 없는 물건으로 자동차 배터리를 충전한다.

──한 30분 동안 시동을 끄지 마세요.

나는 그 물건의 이름을 물어보려다가 그만둔다. 시동이 걸리고 라디오가 켜진다. 내가 인사를 건네기도 전에 그는 건물 쪽으로 돌아선다. 시간을 확인한다. 7시 43분이다. 8시 13분까지 시동을 끄면 안 된다. 그 전에 시동을 끌 일은 없을 것이다. 나는 주차장을 빠져나가 도로로 접어든다. 문득 트렁크에서 삽을 꺼내 조수석에 두었어야 한다는 생각이 든다. 이미 늦었다. 불길한 생각이 든다. 삽으로 눈을 치워야 할 일이 있을지도 모른다. 눈은 생각보다 높이 쌓여 있다. 도로 양쪽으로 눈이 제방처럼 쌓여 있다. 도로가 얼어 있다. 나는 천천히 국도로 향한다. 표지판이 나타난다. 좌회전을 하면 한탄강이다. 문득 파단면이라는 단어가 생각난다. 생경한 단어다.

돌아가면 글을 써야 한다. 반드시 써야 하는 것은 아니다. 그러나 쓰고 싶다. 그러나 써지지 않는다. 한 문장으로 이루어진 글을 쓰고 싶다. 그 글의 제목은 파단면이 될 것이다. 왼발이 젖어 다행이라는 생각이 든다. 젖은 왼발로는 브레이크를 필요할 때 필요한 만큼 밟을 수 없을 것이다. 그러나 얼어붙은 도로에서 필요한 때와 필요한 만큼이 언제인지 감각적으로 알 수 있을 정도로 운전 경험이 많지는 않다. 그러나 파단면이라는 단어가 제목으로 적절하지 않다는 것은 감각적으로 알 수 있을 정도로…… 경험이…… 나는 파단면을 버리기로 한다. 그렇다면 시동을 끄지 마세요는 어떨까. 30분 동안 자동차의 시동을 끄지 못해서 누군가가 죽는 이야기다. 아니다. 나는 어째서 늘 누군가의 죽음을 쓰려고 하는가. 게다가 시동을 끄지 못해서 차에 타고 있던 누군가가 어쩔 수 없이 죽는 이야기의 제목으로 시동을 끄지 마세요,는 적절하지 않다. 시동을 끄세요,가 더 나을지도 모른다. 아니다. 시동을 끄지 마세요라는 역설적인 제목이 나을 수도 있다.

그러는 사이 나는 4차선 도로에 진입한다. 양방향 도로다. 차들은 많지 않다. 앞서가는 차들 역시 느린 속도로 가고 있다. 마주 오는 차들도 마찬가지다. 가끔 전조등 불빛에 눈이 부시다. 라디오에서 교통정보가 나온다. 내가 있는 지역에 관한 정보는 아니다. 외곽순환 도로에서 사고가 있었다고 한다. 강변북로에 고장 차가 서 있다고 한다. 서울 곳곳의 도로가 폭설로 체증을 빚고 있다고 한다. 나는 시동을 끄지 마세요를 버리기로 한다. 휴대폰이 울린다. 말없이 사라진 나를 찾는 전화일지도 모른다. 다른 사람의 전화일 수도 있다. 금융 사기범의 전화일 수도 있다. 휴대폰은 뒷좌석에 있다. 팔을 뻗어보지만 닿지 않는다. 안전벨트를 풀고 몸을 돌려 뒷좌석을 더듬는다. 그러나 잡히지 않는다. 나는 전화를 포기한다. 벨 소리가 끊어진다. 왼발이 아파온다.

제주도에 갔을 때를 생각한다. 한라산을 지나는 도로에서 노루나 사슴이 차에 치여 죽는 사고가 제법 많다고 들었다. 나는 노루나 사슴을 차로 칠 수 있기를 바라며 그 도로를 지났다. 한 번. 두 번. 세 번. 그러나 노루도 사슴도 보지 못했다. 여름이었다. 차창을 내리면 끈끈하지만 시원한 바람을 느낄 수 있었다. 노루를 본 것은 수목원에서였다. 골프장을 지나다 고라니를 보았다. 고라니가 골프공에 맞기를 기다리며 잠시 멀리서 바라보았다. 고라니는 곧 수풀 속으로 사라졌다. 내가 무엇을 보기를 원했는지 알 수 없었다. 내가 대체 무엇을 보고 싶었는지 알 수가 없다. 차로 치어 죽이고 싶었던 것은 나였는지도 모른다. 골프공에 맞아 머리통이 깨지고 싶었던 것은 나였는지도 모른다. 눈이 내리기 시작한다. 전면 유리창에 눈송이가 내려앉고 곧 녹는다. 유리창에 김이 서린다. 나는 히터를 세게 튼다. 졸음이 몰려온다. 그러나 잠들어서는 안 된다. 아직 30분이 지나지 않았다. 7시 59분이다. 나는 초조한 마음으로 8시가 되기를 기다린다. 1분이 이토록 길었던가. 한참 더 가야 휴게소가 나올 것이다. 거기서 끼니를 때우고 잠시 잠들 것이다. 사슴을 치어 죽이는 꿈을 꿀 것이다. 그리고 그 꿈으로 한 문장을 쓸 것이다. 다시 쉽게. 너무나 쉽게. 지나치게 쉬운 한 문장을.

그리고 나는 잠에서 깨어난다.

멀리서 사이렌 소리가 들려온다. 나는 황급히 전방을 주시한다. 앞서가는 차의 번호판이 보인다. 1477. 전부 더하면 19가 된다. 1과 9를 더하면 10이며 다시 1과 0을 더하면 1이 된다. 0이 될 수도 있다. 시계는 8시 정각을 가리키고 있다. 라디오에서 익숙한 시그널 음악이 흘러나온다. 곡명은 알 수 없다. 15초가량 졸았던 모양이다. 주행속도가 느리기에 15초가량의 주행거리도 길지 않았다. 사이렌 소리가 가까워진다. 마주 오는 차선은 아니다. 앰뷸런스에 실려 눈길을 달려가는 환자의 병명이 궁금하다. 룸미러로 뒤쪽을 살핀다. 앰뷸런스가 다가오고 있다. 뒤에서 오던 차들은 앰뷸런스를 위해 길을 내줄 생각이 없는 것처럼 보인다. 한탄강에서 보았던 설경이 떠오른다. 그런 풍경을 설경이라고 부를 것이다. 텐트와 얼음 밑의 마른 나뭇가지. 빙벽과 소나무. 독수리의 그림자와 담배꽁초. 사이렌 소리가 신경질적으로 커진다. 다시 뒤를 돌아본다. 앰뷸런스가 다가오고 있다. 뒤쪽의 차들이 굼뜨게 옆으로 비키며 길을 내어주고 있다. 문득 설경이라는 단어를 생각하고 강가에 있던 텐트와 텐트 앞에 있던 등산화 한 켤레를 생각한다. 그 등산화도 강물에 젖었던 것일까. 등산화의 주인은 등산화를 말리고 있었을까. 혹은 등산화가 강물에 젖기를 기다리고 있었던 것은 아닐까. 아직 젖지 않은 것은 언제고 젖게 된다. 아직 죽지 않은 것은 언제고 죽게 된다. 가속페달을 밟는다. 그러자 안전벨트를 매지 않았다는 경고음이 울리기 시작한다. 연속적으로 들려오는 사이렌의 대단히 짧은 휴지기를 경고음이 메운다. 경고음이 신경질적으로 커진다. 사이렌 소리와 경고음이 놀라운 협화음을 만들어낸다. 귀가 따갑다. 귀가 따가워서 죽어버리고 싶을 정도다. 거짓말이다. 다시 뒤를 돌아본다. 앰뷸런스와 나 사이에는 두 대의 차들이 있다. 시동을 끄지 마세요를 반드시 제목으로 사용하겠다고 생각한다.

그리고 운전대를 옆으로 꺾는다. 얼어붙은 도로 위에서 운전대를 어느 정도로 꺾어야 안전한지를 알 수 있을 정도로 운전 경험이 많지는 않다. 운전대를 꺾으며 안전벨트를 다시 매야겠다고 생각한다. 경고음이 곧바로 해제되지 않는다면 죽어버리고 싶을 정도다. 뒤로 바짝 따라붙은 앰뷸런스를 본 것 같다고 생각한다. 붉은 불빛을 보지 않아도 볼 수 있다. 온통 붉은 사이렌이 눈앞을 가득 메운다. 경고음도 붉다. 낮에는 설경을 보았다. 밤에는 붉음을 본다. 전면 유리창에 떨어진 눈송이 하나가 붉게 녹는다. 그 속도를 문장으로 쓰고 싶다. 그 붉음을 문장으로 쓰고 싶다. 눈으로 제방을 쌓으려면 얼마나 많은 눈송이가 필요한가. 학자가 아닌 누구에게라도 내 눈을 주었어야 했다. 아무에게나 내 눈을 주고 싶다. 트렁크에서 삽을 꺼냈어야 했다. 삽으로 나를 묻었어야 했다. 그러나 죽은 내가 나를 묻을 수 있는가. 내가 나를 묻지 않는다면 누가 나를 묻어줄 것인가. 경고음이 발작적으로 울린다. 경고음이 무엇을 경고하는지는 알 수 없다. 무엇을 경고하더라도 이미 늦다. 빠르게 더 빠르게. 시동이 꺼지면 안 된다. 오른발이 브레이크를 찾는다. 오른발은 젖지 않았지만 이미 늦다. 느리게 더 느리게. 속도가 사라진다. 속도가 사라진다는 문장이 마음에 든다. 속도가 사라진다를 첫 문장으로 쓰겠다. 첫 문장을 썼으니

다음 문장을 쓰고 싶다. 그러나 나는 지금 무엇을 보고 있는가. 붉음이 문장을 지운다. 그것이 무참하게 슬펐다. 안 된다. 과거형으로 말해서는 안 된다. 죽은 나의 문장은 누가 쓸 것인가. 죽은 나의 없는 문장은 누가 쓸 것인가. 죽은 나의 없는 문장은 어떻게 존재하는가. 죽은 나의 없는 문장들을 어떻게 묻을 것인가. 죽은 나의 없는 문장들을 누가 읽을 것인가. 빠르게 더 빠르게. 느리게 더 느리게. 속도가 사라진다. 속도를 잃은 문장들이 있기도 전에 사라진다. 빠르게 혹은 느리게. 모든 속도는 둘 중 하나로 표현될 수 있다. 크게 더 크게. 크게 더 크게. 크게 더 크게. 소리가 속도를 압도한다. 붉음이 가까워진다. 온통 붉음이다.

낯선 장소에 세 사람이

태초에 빛이 있었나, 그랬을지도 모르지만 최소한 너는 없었다. 너에게 이름을 주어야 해, 이름을 주고 나이를 주고 성별을 주고 다시 이름을 주어야 한다. 왜 주어야 한다고 생각하는지는 알 수 없다. 하지만 이름은 모든 것을 포함하는 법이다. 태초에 너는 없었고 어쩌면 지금은 없다. 이상한 문장이지만 틀린 문장은 아니다. 그간 나는 처음부터 다시 짚어야 한다고 여러 번 쓰고 지웠다. 그러는 동안 너는 잠시 있었다가 지워졌다. 너에게 어떤 이름을 주어야 할까, 혹은, 어떤 이름을 줄 수 있을까. 이름을 생각하는 동안 시간이 지났다. 여전히 주어는 없었다. 여름이 시작되었고 거리가 점점 더 뜨겁게 달구어지는 동안 나는 처음부터 다시 짚어야 한다고 여러 번 쓰고 지웠다. 개의 언어를 흉내 내는 것만으로는 하나의 문장이 구성되지 않았기 때문이다. 이야기가 시작되려면 네가 시작되어야 하는데, 나는 네게 도무지 정확한 이름을 찾아줄 수 없었다. 하지만 이제는 정말이지 이야기를 시작하고 마쳐야 할 때가 되었다. 여전히 이름이 없고 여전히 이름이 없지만 그러므로 처음부터 다시 짖어야 한다. 이야기가 시작되는 지점에 너는 어떻게 존재해야 할까, 혹은, 어떻게 존재할 수 있을까. 너는 죽었는데, 몇 년 전이었다. 어쩌면 벌써 10년쯤 지났을지도 모르지, 아무튼 그때는 나도 이십대였던 것 같다. 너도 마찬가지였다.

물론 네게는 이름이 있었다. 내게는 너의 법적 이름과 생몰 연월일, 성별 따위의 정보가 있다. 하지만 내가 시작하려는 이름은 그것이 아니야, 하나의 이야기가 시작되자마자 존재하기 시작하는 이름, 하나의 이야기가 닫히고 나서도 존재하는 이름, 나는 그런 것을 생각하느라 처음부터 다시 짖어야 한다고 쓰고 지우고 쓰고 지웠다. 실은 너에 관한 이야기이지만 네가 등장하지 않는 이야기를 몇 년 전에 쓰기 시작했다. 하지만 어떤 사건들이 연달아 일어나면서 한 3년쯤 한 줄도 쓰지 않았다. 물론 한 줄도 쓰지 않았다는 건 거짓말이야, 쓰고 지우고 쓰고 지우고 그러다 남은 미량의 글자들이 있기는 하다. 어떤 사건들이 있었는지는 여기서 말하지 않겠어, 내게 허락된 지면이 넉넉하지 않기 때문이다. 물론 좋은 핑계다. 수백 장의 지면이 주어지더라도 아마 넉넉하다고는 생각하지 않을 것이기 때문이다. 아무튼 서너 해 동안 나는 몇 번인가 이야기를 이어보려다가 마침내 방치해버렸다. 그러지 말았어야 했어, 하지만 그럴 수밖에 없었다.

지금은 너무 늦었을까, 잘 모르겠다. 이제는 네 얼굴도 잘 기억나지 않아, 하지만 네가 없는 동시에 있는 장소에 찾아갔던 날, 겨울의 끝이 가까웠던 그날, 같이 갔던 친구들과 함께 네가 마지막으로 물리적으로 존재했던 자리를 봤던 기억은 분명하게 남아 있다. 아무도 울지 않았고 오히려 우리는 많이 웃었다. 코끝이 시렸고 누군가 실없는 농담을 던졌던 기억이 난다. 나는 너의 사인을 알지 못했어, 그러니까 죽음의 정확한 동기를 알지 못했던 것이다. 그날 같이 있던 친구들 중에도 아는, 그러니까 정확히 아는 사람은 없었을 것이다. 어쩌면 너도 모를 것이다. 네게는 묘도 주어지지 않았고 우리는 네가 있고 없는 자리를 벗어나 잠시 죽은 풀로 뒤덮인 뒷산에 올랐다가 12인승 스타렉스를 타고 서울로 돌아왔다. 우리는 생각보다 빨리 서울에 도착했지, 버스 전용 차선으로 달릴 수 있었기 때문이었다. 돌아오는 고속도로에서 누군가 사탕을 하나씩 돌렸고 그걸 받아 입안에 넣으며 눈을 감았던 기억이 난다. 사탕은 달았고 햇빛은 차갑고 하얬다.

이제 정말로, 정말이라니 무슨 의미인지 모르겠군, 아무튼 정말로 네 이야기를 시작해야 할 때가 되었다. 그러려면 이름부터 정해야 하겠지, 너를 부를 이름이 있어야 할 테니까. 너를 뭐라고 부를까, 도저히 모르겠어, 나는 너를 어떻게 불러야 할까. ㅅ으로 시작하는 이름이 좋겠어, 너는 서핑을 하며 살고 싶다고 한 적이 있다. ㅅ으로 시작하는 이름…… 아니면 ㅋ으로 시작하는 이름도 좋을지도 모른다. 너는 캘리포니아 해변에서 서핑을 하며 살고 싶다고 한 적이 있다. 이름을 생각하는 두어 달 동안 원고를 일곱 번쯤 갈아엎었을 것이다. 그러는 동안 이런 이야기를 쓰려고 했다. 그러니까…… 그러니까 이야기의 뼈대를 생각하자면…… 낯선 장소에 두 사람이 있는 거야, 장소는 두 사람 모두에게 낯선 곳이어야 해, 그리고 두 사람은 전에는 서로 만난 적이 없다. 왜 이런 이야기를 쓰려고 생각했는지는 잘 모르겠어, 하지만 나쁘지 않을 것 같았다. 어쩌면 낯선 장소에서 마주친 미지의 인물에게 선뜻 자기 이야기를 털어놓는 사람의 전형을 생각하고 있었는지도 모른다. 하지만 네게 이름을 붙이지 못해서 이야기가 좀처럼 시작되지 않았다. 그래서 일단 시작했지, 이번에도 쓰고 지울지도 모른다. 쓰고 지우고 쓰고 지우는 과정에서 구조를 잃은 문장 몇 줄이라도, 무의미한 단어 몇 개라도 남기를 바란다. 그것들을 너라고 부를 수 있을까. 모르겠어, 알 수가 없다.

  그렇다면 낯선 장소부터라도 생각해보기로 하자. 일단 네가 있고…… 네가 있어야 한다. 아직 이름이 주어지지 않은 너는 어디에 있는가…… 문득 바티칸의 성베드로 대성당이 떠오른다. 언뜻 보기에는 아무렇게나 떠올린 장소인 것 같지만 아마도 내가 최근 이곳을 배경으로 뭔가 끼적거린 적이 있어서일 것이다. 너도 그곳에 가본 적이 있을까, 잘 모르겠다. 너는 실제로 친구들과 함께 유럽 배낭여행을 다녀온 적이 있지만 로마에도 들렀는지, 나로서는 기억이 가물가물하다. 모른다고 봐야 할 것이다. 그래서 나는 전화를 건다. 너와 동행했던 너의 친구에게 전화를 한다. 그는 나의 친구이기도 하고, 바로 전화를 받지만, 서로 통화했던 적이 거의 없었다는 것을 새삼 깨닫고 잠시 어색해한다. 나는 네가 성베드로 대성당에 간 적이 있느냐고 묻고, 공통의 친구는 잠시 기억을 더듬다가 자신은 간 적이 있으며 너는 간 적이 없다고 대답한다. 모두가 바티칸에 가기로 했던 날, 너는 배가 아팠다. 그래서 숙소에 남아 오전 시간을 혼자 쉬며 보냈다고 했다. 그런데 그게 왜 궁금한가, 친구가 묻고, 나는 차마 대답하지 못한다. 한동안 침묵이 이어지고, 친구는 엉뚱하게도 나의 안부를 묻는다. 나는 쓰고 지우고 있다고 대답하지 않는다. 짧은 통화는 그렇게 끝난다. 너는 성베드로 대성당에 있다. 네가 있다, 아직 이름이 없는 채로.

2018년 12월 24일이다. 크리스마스 전날이다. 너는 성베드로 대성당 광장에 와 있다. 오타비아노역에서 이곳까지 떠밀려 왔다는 표현이 더 나을 것이다. 인파라는 말이 무색할 정도로 수없이 많은 사람들이 넘실거린다. 한낮의 햇빛이 차갑고 하얗다. 너는 손차양을 만들고 줄이 얼마나 긴지 어림해본다. 교황을 볼 수 있을지도 모른다는 희망을 품고 온 사람들 틈바구니에서 너는 어떻게든 앞으로, 그러니까 성당 안으로 들어가는 줄이 시작되는 곳을 찾아 어렵사리 가보려고 한다. 하지만 너무 많은 사람들이 있다. 사방에서 온갖 나라의 말들이 들려온다. 너는 혼자다. 너는 혼자 있다. 하지만 너는 있다, 그곳에. 다른 친구들은 사람 많은 곳이 질색이라며 천사의 성을 구경하겠다고 했다. 네가 어째서 고집을 꺾지 않고 성베드로 대성당 앞, 앞이라고 부를 수 있다면, 아무튼 그 앞에 와 있는지 너조차 알 수 없다. 멀리서나마 교황의 얼굴을 보기 위해서는 아니었다. 로마의 겨울은 보통 서울보다 온화하지만, 너는 여기서 더위를 느낄 지경이다. 털모자와 목도리, 파카와 외투와 장갑 사이에서 너는 조금 덥다. 너는 더위를 느낀다. 땀이 배어나는 것 같기도 하다. 네 이마에서 땀이 배어난다. 너는 털모자를 벗어 가방에 넣는다. 마침내 성당 입구로 이어지는 줄이 시작되는 지점이 포착된다. 갑자기 멀리서 웅성거리는 소리가 들린다. 교황이다! 누군가가 외치고, 너는 온갖 다양한 언어로 교황이라고 외치는 소리를 들으며 고개를 이리저리 돌려본다. 하지만 교황이 벌써 나타날 리가 없다. 교황이 벌써 나타날 리가 없다고 생각하면서도 너는 앞으로 나아가는 사람들의 움직임에 동참한다. 그럴 수밖에 없다. 네가 있기 때문이다.

그런데 갑자기 누군가가 너를 부른다. 너를 부를 사람이 이곳에 있을 리가 없다고, 잘못 들었을 거라고 생각하면서도 너는 헤이! 짧은 외침에 뒤를 돌아본다. 이것은 당신의 모자가 아닙니까? 백발의 남자가 네게 모자를 내민다. 네 모자가 맞다. 네 모자가 있다. 청색에 회색 줄무늬가 촘촘한 털모자로, 비교적 새것이다. 너는 고맙다고 말하며 모자를 받아 든다. 고맙다는 말 정도는 이탈리아어로 알고 있었는데, 너는 생각한다. 노인은 네게 이탈리아어로 말을 붙였는가? 나는 잠시 고민한다. 나는 그렇다고 생각한다. 네가 우물쭈물하는 사이, 당신은 교황을 보러 이곳에 왔습니까? 노인이 영어로 말을 붙인다. 그도 혼자 온 것처럼 보인다. 너는 그렇다고 대답한다. 당신은 혼자 왔습니까? 노인이 다시 질문한다. 너는 그렇다고 대답하려다가 실은 로마에는 친구들과 왔지만 대성당에는 혼자 왔다고 대답한다. 너는 노인이 성가시게 굴까 봐 신경이 쓰인다. 옷을 근사하게 차려입은 소매치기일지도 몰라, 너는 로마에 도착하기 전 지갑을 노리는 손길들에 대한 이야기를 닳도록 들었던 것이다. 남색 스트라이프 정장에 자주색 타이를 매고 회색 머플러를 느슨하게 두른 노인은 중산모까지 쓰고 있다. 나는 로마인입니다. 노인이 말한다. 하지만 네 귀에는 이렇게 들린다. 나는 로마 사람이라오. 오늘같이 특별한 날에는 아무리 사람이 많아도 이곳에 와야 한다오. 네가 있고, 노인이 너의 존재를 보증한다. 이것은 사실일까?

나도 혼자 왔다오. 노인이 말한다. 너는 새삼 옛 세대의 말투를 잘 모른다는 데 생각이 미친다. 너는 영어로 말할 때 부끄러움을 느끼고는 했다. 너는 미국에서 태어났지만 세 살 무렵 한국으로 돌아왔고 유아원에서 친구들과 영어로 소통하던 기억을 거의 잊었다. 가장 잘하는 말이 "So long!"이라며 웃던 네 얼굴의 풍경을 나는 지금도 기억한다. 이 표현을 영어 사전에서 찾아보면 다음과 같은 의미들이 나온다. 너무 길다. ~하는 한. 그렇게 오래. 실례. 안녕(작별 인사). 너는 이중국적

자라고 했다. 하지만 캘리포니아 해변에서 서핑을 하며 소요하고 싶다는 소망을 관철시키기에는 영어를 능숙하게 구사하지 못했다. 이것은 사실일까? 너는 부모와 상의한 끝에 군에 입대했다. 군 복무를 마치면 암묵적으로 이중국적을 허락해준다는 말을 들었기 때문이었다. 너는 이런 이야기를 생각한다. 주어는 네가 아니다. 너는 노인에게 어떻게 답해야 좋을지 몰라 공손하게 중얼거렸다. 스쿠시, 스쿠시…… 그러자 노인이 미소를 짓는다. 알겠지만 이 성당에는 아주 훌륭한 작품이 있다네. 실은 수없이 많은 작품들이 있지. 하지만 내가 생각하기에 가장 훌륭한 작품은 아무래도 교황들의 무덤이야. 자네는 어디에서 왔는가? 어디에서 왔느냐는 질문에 너는 문득 나를 떠올리지만, 그건 내가 지저분한 동아리방 구석에서 독일 낭만주의에 관한 보고서를 쓰다 고개를 들었을 때 네가 다른 사람들과 담배를 피우며 무슨 일인가로 웃음을 터뜨리던 모습을 보았던 기억이 나기 때문일 것이다. 우리는 어디에서 왔으며 어디로 가는가? 참고하던 어느 책에서 이것이 낭만주의 문학의 주제라고 말했고 나는 그때부터 이 질문을 가끔씩 아무런 맥락 없이 떠올릴 때가 있었다.

　　너는 어디에서 왔으며 어디로 가는가? 혹은, 어디로 갔는가? 나는 이 질문에 대한 답변을 회피하기 위해 계속해서 광장 어디엔가 있는 너를 상상한다. 그러므로 너는 있어야 한다. 크리스마스 전야에 의복을 정제하고 혼자 대성당을 찾은 노인은 아무래도 너를 동행으로 낙점한 것처럼 보인다. 너는 간다. 너는 인파에 밀려 앞으로 나아간다. 너는 노인이 말한 가장 훌륭한 작품보다도 먼저 「피에타」를 보고 싶다. 아니다. 너는 성수반에 손끝을 담그고 싶다. 아니다. 너는 중국어로 죄를 털어놓을 수 있다는 고해실에 들어가고 싶다. 아니다. 너는 교황이 축성했다는 묵주를 선물용으로 두어 개 사고 싶다. 아니다. 너는 대리석 바닥에 드러누워 빈틈없이 면을 메운 천장화를 올려다보고 싶다. 아니다. 노인이 네 옆에 있다. 그러므로 너는 있다. 있어야 한다. 노인은 너와 계속해서 대화하고자 한다. 모자를 벗었는데도 네 이마는 땀으로 촉촉하다. 너는 네가 한국에서 왔으며, 친구들은 천사의 성을 보러 갔고, 아침에는 커피를 마셨고, 로마의 커피는 대단히 훌륭하고, 저녁에는 테베레 강가를 산책할 거라고 말한다. 노인은 고개를 끄덕인다. 그러는 동안 너와 노인은 앞으로 전진하고, 줄이 줄어들고, 그러므로 너는 있다. 너와 노인은 동시에 뒤를 돌아보고, 어느새 두 사람 뒤로 길게 늘어선 줄을 가늠한다. 두 사람의 시선이 마주치고, 그래도 여기까지 왔다는, 조금만 더 나아가면 성당 안으로 들어갈 수 있다는 기쁨에 미소를 교환한다. 그러므로 너는 있고, 하지만 너는 있고, 그런데 너는 있고, 그러나 너는 있고, 그리고 너는 있다. 노인은 그런 너를 바라보며 손자나 자신의 어린 시절을 떠올릴 수도 있고, 그러다 아기 예수 인형이 놓인 구유 모형을 떠올릴 수도 있다. 아직 아홉 살인 노인의 손자의 이름은 S로 시작하는데, 노인의 손자가 어떤 이름으로 불리는지, 너는 알지 못해도 좋을 것이다.

마침내 너와 노인은 거대한 문 앞에 서고, 문은 활짝 열려 있고, 해가 살짝 기울었고, 너는 입장 시간이 끝나기 전에 교황의 무덤이건 촛불이건 성물이건 봐야 한다고 생각하고, 노인은 여전히 네 옆에 있고, 그러므로 너는 있다. 노인은 네게 이름을 묻지 않고, 그건 내가 너의 이름을 부를 수 없기 때문인데, 아직은, 어쨌거나 너도 노인에게 이름을 묻지 않고, 그건 두 사람이 이 장소를 벗어난다면, 어쩌면, 존재하지 않게 될 수도 있기 때문이다. 너는 피에타 앞으로 다가가는데, 어쩔 수 없기 때문이다. 너무나 많은 사람들이 피에타를 향하고 있고, 너와 노인은 그들에 휩쓸려 마리아와 예수의 조각상 쪽으로 간다. 네가 마리아의 표정을 짧게나마 유심히 살피는 동안 노인은 이 작품은 위에서 내려다봐야만 제대로 볼 수 있다고 말하고, 네가 위에서 내려다본 마리아의 표정을 애써 상상하는 동안, 잊고 있던 기억 하나가 되살아난다.

너는 노인의 이름이 조반니라는 것을 기억해낸다. 일면
식도 없던 노인의 이름이 갑자기 머릿속에서 되살아난 것이
기이해 너는 노인의 얼굴을 돌아본다. 노인은 주름진 얼굴로
해사한 미소를 짓고, 너는 어려서 읽었던 『은하철도의 밤』이
라는 책의 주인공 이름이 조반니였다는 것을 기억해낸다. 네
가 내게 그 책 이야기를 한 적이 있기 때문이다. 너는 소설가
인 내게 읽을 만한 책을 알려달라고 했다. 나는 누구나 좋아
할 만한 책들을 생각하다 네게 『자기 앞의 생』과 『은하철도의
밤』을 읽어보라고 한 적이 있다. 아니, 아니다. 그것과는 관계
가 없다. 나는 그런 적이 없다. 나는 너를 만들어내고 있는 것
이 아니다. 아니어야 한다. 어쨌거나 나는 노인을 조반니라고
부르지만…… 너는 노인에게 문득 이야기를 시작하는데……
나는 조반니와 동행했던 친구의 이름이 캄파넬라였다는 것
을 기억해내고…… ㅋ으로 시작하는 이름…… 꿈에서 개를 지
켜주지 못했어요. 네가 말한다. 개와 둘이서 집을 지키고 있었
는데 개가 배가 고프다고 했어요. 그래서 분식집에 가서 김밥
을 포장했어요. 어째서인지 너는 영어를 유창하게 말할 수 있
다. 노인은 김밥이라는 음식에 대해 아무런 질문을 하지 않는
다. 음식이 준비되기를 기다리며 식당 안 텔레비전을 보고 있
는데 갑자기 유혈 사태 현장이 생중계되는 거예요. 목 잘린 시

체들이 즐비했고요. 리포터는 이미 살해된 것 같았어요. 카메라맨도. 기울어진 화면 속에서 국적을 알 수 없는 군복 차림의 무장 단체가 날뛰고 있었어요. 피가 뿌려졌고, 너무 붉었죠. 나는 김밥을 들고 집으로 돌아와 개에게 먹였어요. 개는 아무것도 모르는 척했지만 실은 다 알고 있었죠. 세계가 사라지고 있었어요. 창문이 깨지는 소리가 처절하게 들렸어요. 나와 개는 살그머니 밖을 내다보았고 군복 차림의 무장 단체가 아파트 앞 주차장에 당도해 있었어요. 나는 이제 곧 죽을 거였어요. 나는 개를 품에 안고 속삭였어요. ……라고, ……라고. 그리고 둔중한 발걸음 소리가 들려왔고, 총성이 들렸어요. 그다음에는 기억나지 않아요, 죽은 것이 나였는지 개였는지, 내가 개를 보호했는지 혹은 개가 나를 보호했는지. 조반니는 그저 고개를 끄덕인다. 조반니가 너를 끌어안는다. 그러므로 너는 있다. 있어야 한다. 이것은 사실일까?

오후 5시. 종이 울리기 시작한다. 교황이다! 사람들이 웅성거린다. 노인이 네게 미소를 지으며 아직 교황이 나와서 손을 흔들 때가 아니라고 말한다. 너는 노인의 미소에 답한다. 그러므로 너는 있다. 새벽 3시. 종은 울리지 않지만 나는 쓰고 지우고 쓰고 지운다. 그리고 남은 미량의 이름. 혹은 아직 이름이 되지 못한 이름. 쓰고 지워진 자리에 네가 있다. 나는 이탈리아어 사전에서 조반니와 캄파넬라를 검색한다. 세례 요한과 작은 종. 전자는 내게 큰 의미가 없지만 후자는 의미를 지닌다. 일단 네 이름을 캄파넬라라고 하자. 미안해, 미안해. 나는 너를 보호하지 못했다. 아직 네 이름을 찾지 못해서 미안해, 네게 이름을 주지 못해서 미안해. 하지만 나는 네 뒤에서 너와 동행하고 있고, 그러므로 너는 있어야 한다. 여기, 낯선 장소에. 처음부터 다시 짖어야 한다. 네가 있다.

처음부터 다시 짖어야 한다

나는 통사를 잃고 있다. 나는 이 말을 런던 서남부의 한 술집에서 하고 있다. 테이블 건너편에 영국인과 미국인이 앉아 있다. 따라서 나는 통사를 잃고 있다는 말을 영어로 하지만, 내가 문법에 맞게 말하고 있는 것인지 혹은 그들이 내 말의 의미를 알아들었을지는 알 수 없다. 어쨌거나 나는 통사를 잃고 있다. 런던에서 나는 본격적으로 통사를 잃는다. 구조가 사라진다. 통사와 구문 사이에 어떤 차이가 있는지는 나도 정확히 모른다. 나는 차라리 주어를 잃고 싶었는데, 쏟아지는 외국어들 사이에서 나는 편리하게 통사를 먼저 잃는다. 통사. 잃는다. 잃음. 이유가 무엇이냐고 영국인이 묻는다. 그러니까 내가 통사를 잃고 있는 이유를 묻는 것이다. 나는 생각에 잠긴다. 혹은 답변이 시작되는 시간을 늦추기 위해 일부러 생각에 잠긴 척을 한다. 하지만 나는 실제로 생각하고 있다. 내가 통사를 잃고 있는 까닭은 표면적으로는 한동안 늘 영어로 말해야 하기 때문이다. 문장에서 통사를 제거하면, 그리고 내가 뻔뻔해지면, 기본적으로는 말하기가 쉬워진다. 백조. 강. 저녁. 한적함. 맥주. 시간. 나는 이렇게 말한다. 그러자 영국인과 미국인은 고개를 끄덕인다. 그들이 고개를 끄덕인 이유가 정확히 무엇인지 나는 알 수 없다. 영어는 내게 모국어가 아니다. 나는 뒤늦게 영어로 말하는 법을 익혔다. 억지로 익혀야 했다. 외국어로 말하기와 쓰기는 읽고 듣기와는 전혀 달라서 나는 한동안 말할 기회를 잃으려고 최대한 노력했다. 하지만 입을 열어야만 하는 순간들이 있었다. 그러면 나는 영어는 내게 모국어가 아니라는 변명의 말로 대화를 시작하고는 했다. 하지만 대화는 길게 이어지지 않았다. 내가 입을 이내 다물어서였다. 모국어. 아님. 변명. 그러함. 여기까지가 표면적인 이유다. 나는 두 달 체류를 목적으로 영국에 왔다. 내 앞의 미국인은 나의 에이전트이고, 영국인은 에이전트의 남편이다. 이들은 친절하게도 내가 두 달 지내야 할 도시로 떠나기 전까지 자신들의 집에서 머물도록 했다. 이들의 집에는 개가 있었다. 나로서는 오랜만에 짐승의 털가죽에 손을 파묻을 수 있어서 기뻤다. 개는 하얗고 몸집이 컸다. 품종을 물었더니 알 수 없다는 답이 돌아왔다. 유일한 종. 개가 유일한 종이어서 나는 기뻤다. 오래전에 나는 시추종 개를 키운 적이 있었다. 새끼 티를 벗지 못했을 때의 그 개는 누가 보더라도 시추종에 속했다. 하지만 개는 점차 자라면서 흔히 순종이라 알려진 시추와는 다른 모습을 갖게 되었다. 개를 데려온 장본인이었던 아버지도 나도 다른 가족들도 개가 순종 시추이건 아니건 크게 상관하지 않았다. 우리는 개를 사랑했다. 나도 개를 사랑했다. 가끔 나는 개의 모든 부분을 정확하게 지칭하는 이름이 있으면 좋겠다고 생각했다. 개를 데리고 산책을 나가면 가끔 개의 품종을 묻는 사람들을 만나게 되었다. 그때마다 나는 스스로도 반신반의하며 시추라고 대답했다. 그러다 나는 대학에 입학했고 그때부터 할머니와 살게 되었다. 그러면서 시추인지 아닌지 확실치 않았던 개도 나와 할머니와 함께 살게 되었다. 어느 날 집에 친구 하나가 놀러 왔고 개를 보더니 훌륭한 시추에이션이라고 말했다. 시추에이션이 아주 훌륭한데. 나는 웃음을 터뜨렸다. 개는 관심 없다는 표정으로 엎드려 있었다. 그 친구와는 여러 이유로 멀어졌지만 나는 그 순간을 떠올릴 때마다 즐거움, 웃음, 기쁨, 포복절도, 요절복통 등의 단어들도 같이 떠올리고는 한다. 시추에이션이라는 유일한 종에 속했던 개는 천수를 다하고 죽었다. 물론 개에게는 가족들이 붙인 이름이 있었다. 명사. 고유명사. 나는 개가 죽고 나서 인터넷 검색창에 개의 이름을 넣어본 적이 있다. 그러자 내가 기르던 개와 조금씩 닮았으나 전혀 다른 개들의 사진이 줄줄이 검색되었다. 내가 기르던 개와 같은 이름을 지닌 너무나 많은 개들이 남한에 살고 있었다. 그래서 나는 다행이라고 생각했다. 훌륭한 시추에이션이었다. 개. 개의 이름. 에이전트 부부의 개는 쿠퍼라는 이름을 갖고 있다. 쿠퍼. 전에 기르던 개의 이름은 플로이드라고 한다. 플로이드와 쿠퍼는 만난 적이 없다. 쿠퍼. 꼬리. 흰색. 털. 털가죽. 개가 테이블 아래 엎드려 먹이를 달라고 보챈다. 내가 손을 내밀어 쓰다듬으려고 하자 개는 꼬리로 바닥을 치며 주둥이를 치켜든다. 개. 꼬리. 주둥이. 바닥. 침. 침. 술집 창밖으로 저물녘의 강이 바라보인다. 강. 템스. 백조. 해. 황혼. 내게는 낯선 풍경이다. 다리가 보인다. 강의 폭은 좁고, 걸어서 건너는 데 불과 몇 분도 걸리지 않는다. 보트. 버드나무. 개. 가로등. 점등. 에이전트의 남편이 우리가 있는 지역에 놓인 다리들의 역사를 설명한다. 간간이 처음 듣는 단어들이 들려온다. 단어들. bridge, stockholder, heritage, history, after, fair share. 나는 미소를 지으며 고개를 끄덕인다. 발밑의 개는 여전히 먹이를 달라고 보채고 있다. 오전에는 비가 왔다. 그때 내가 whimsy라는 단어를 사용하자 에이전트는 웃으며 whimsical이라고 정정했다. 나는 날씨를 묘사하는 단어로 whimsy나 whimsical이 적당한지 알 수 없었지만 더는 질문하지 않았다. 그리고 지금 나는 통사를 잃고 있다. 단지 영어로 말해야 하기 때문만은 아니다. 나는 여기 오기 전부터도 통사를 잃고 있었다. 지속적으로. 계속해서. 늘. 언제나. 항상. 하지만 정확히 언제부터 내가 통사를 잃고 있다는 것을 알아차리기 시작했는지는 알 수 없다. 정확히 어떤 시추에이션이었을까, 나는 생각한다. 아마도 쓰고 지우기 시작하면서부터였을 것이다. 그러면 정확히 언제부터 나는 쓰고 지우기 시작했을까, 나는 생각한다. 통사를 잃고 있기 전에도 나는 쓰고 지우는 일이 많았다. 글을 쓰는 사람이라면 쓰고 지우는 일에 익숙하다. 당연한가, 어쩌면. 하지만 언젠가부터 내게는 쓰는 것보다 지우는 일이 더 많아졌다. 언젠가는 쓴 것보다 지운 것이 더 많은, 물리적으로 불가능한 일이 벌어지기도 했다. 가능. 불가능. 가능하지 않음. 가능함. 않음. 나는 정확한 뜻을 알지 못하는 채로 수많은 단어들을 썼다. 배치하고 배열했다. 나는 정확한 뜻을 알지 못하는 채로 수많은 단어들을 아무렇게나 썼다. 아무렇게나 배치하고 아무렇게나 배열했다. 이렇게 사용된 단어들은 어떤 의미를 만들어냈다. 내가 원하던 의미는 아니었다. 하지만 내가 정확히 어떤 의미를 원하는 것인지는 알 수 없었다. 정확히, 그러니까 정확히. 그렇게 나는 쓰고 지우고 쓰고 지웠다. 이는 현재형으로, 나는 쓰고 지우고 쓰고 지운다고 말해야 할 것이다. 이렇게 말하면서도 어째서 쓰고 지운다는 말을 두 번씩 반복하는지 나로서는 알 수 없다. 알 수가 없다. 어쨌거나 나는 쓰고 지우고 쓰고 지운다. 쓰고 지우고 쓰고 지우는 이유에 대해 생각한다. 맥주를 한 모금 마신다. 맥주. 한 모금. 테이블. 석양. 황혼. 그리고 개가 있다. 언젠가 나는 처음부터 다시 짖어야 한다는 문장을 여러 번 쓴 적이 있다.

쓰고 지우고 쓰고 지운다. 쓰고 지우고 쓰고 지우는 이유는, 그래서 결국 아무것도 쓰지 못한 것과 마찬가지가 되거나 혹은 앞으로 쓰게 될 것들의 싹을 미리 잘라버리게 되는 이유는, 어쩌면, 일단, 주어의 나와 실제의 나를 분리할 수 없기 때문이다. 어쩌면, 한편으로, 조급하기 때문이고, 시간이 턱없이 부족하거나 지나치게 풍족하기 때문이다. 마지막 이유를 말하고 보니 역시 지워야겠다는 생각이 든다. 다시 처음으로 돌아간다. 여전히 발치에는 개가 엎드려 있다. 나는 손을 뻗어 개의 이마를 쓰다듬는다. 개가 꼬리로 바닥을 친다. 개. 손. 꼬리. 앞발. 바닥. 이마. 손. 꼬리. 하양. 개의 눈은 검다. 내가 길렀던 개들의 눈도 모두 검었다. 나는 그중 한 개의 죽음을 지켜본 적이 있었다. 그때 나는 개가 죽어서도 눈을 감지 않는다는 것을 처음 알았다. 개. 검음. 눈. 감음. 않음. 다시 처음으로 돌아간다. 처음의 문장은 지워지고 두번째 문장이다. 하지만 다시 처음이다. 처음이 지워졌기 때문이다. 이제는 주어의 나와 실제의 나 사이에 어떤 차이가 있는지도 분명하지 않다. 분명. 명분. 명분을 만들어보기로 하자. 분명한 것은 내가 통사를 잃고 있다는 점이다. 잃음. 앓음. 아니다. 나는 통사를 앓고 있는 것이 아니다. 나는 통사를 잃고 있다. 분명한 것은 내가 통사를 잃고 있다는 점이다. 어쩌면 이는 사실이라 부를 수 있을지도 모른다. 사실일 것이다. 내가 그렇게 느끼고 있기 때문이고, 잃고 있는 통사를 억지로 붙들려고 안간힘을 쓰고 있기 때문이다. 억지. 안간힘. 붙듦. 붙들림. 씀. 압도적인 단어들이라는 생각이 든다. 쓰고 지우고 쓰고 지운다. 아니다. 지금은 쓰고 있지 않다. 따라서 지우고 있지도 않다. 나는 말하고 있다. 런던 서남부의 술집에서. 이 지역은 리치먼드라 불린다. 에이전트와 그의 남편이 거주하는 동네다. 짧은 산책을 하는 동안 스무 마리가량의 백조를 보았다. 백조의 숫자를 세지는 않았다. 내게는 낯선 풍경이다. 에이전트와 그의 남편은 저녁 식사를 하러 가기 전에 간단히 맥주를 마시자고 했다.

식전주를 한잔하고 이어 본격적인 식사를 하러 가는 것을 나는 이 지역의 풍습으로 이해한다. 주인이 곧 외출하리라는 것을 알아차린 개가 꼬리를 흔들며 목줄을 가져왔다. 조금 전의 일이다. 에이전트와 그의 남편은 이런저런 이야기를 하며 길을 앞장섰다. 개가 조바심치며 옆에서 걸었다. 그리고 우리는 조금 전 이 술집에 들어왔다. 걷는 동안 나는 머릿속으로 쓰고 지우고 쓰고 지웠다. 아니다. 사실이 아니다. 나는 썼고 지우지 않았다. 아니다. 사실이 아니다. 나는 쓰지 않았고 지웠다. 아니다. 사실이 아니다. 나는 쓰지 않았고 지우지 않았다. 언젠가 많은 사람들이 말했다. 쓰지 마라. 아니다. 그렇게 많은 사람들은 아니었다. 몇몇 사람들이 말했다. 쓰지 마라. 어쩌면 한두 명, 많아야 열 명이 넘지 않았을 것이다. 하지만 나는 부자와 가난뱅이의 오류를 가끔 생각했다. 한두 명은 많은 사람들일까 그렇지 않을까. 때로는 한두 명이면 충분하다. 내 기억에는 한두 명보다는 많은 사람들이 말했다. 쓰지 마라. 그래서 나는 쓰지 않았고, 그러다 어느 시점부터 통사를 잃기 시작했다. 잃음. 앓음. 잃음. 나는 에이전트와 그의 남편에게 주로 간단한 문장으로 말하고 대답한다. 이 개는 몇 살입니까? 나는 전에 개를 키웠습니다. 개는 죽었습니다. 당시 나의 개는 열 살이었습니다. 에이전트는 내게 개의 품종을 물었다. 내가 마지막으로 길렀던 개는 흔히 포메라니안이라 불리는 개와 상당히 닮아 있었다. 내가 포메라니안이라고 대답하자 에이전트가 말했다. Oh, a lap dog. 무릎. 개. 아. 감탄사. 무릎 개는 천수를 다하지 못하고 죽었다. 슬개골에 문제가 있었다. 수술. 문제. 심장. 문제. 죽음. 개의 죽음. 개죽음. 이후 나는 혼자 있던 시간에 구글에서 lap dog을 검색했다. 과연 포메라니안 이미지가 상단에 검색되었다. 내가 길렀던 개와 닮은 개의 이미지였다. 개. 개. 개. 개. 개. 개와 포메라니안이라는 이름으로 내가 길렀던 개를 말할 수 있을까, 내게는 더 많은 이름이 필요했다. 그러니까 나와 나의 가족이 개에게 붙였던 고유명사와 포메라니안이라는 품종의 이름과 개의 나이와 개의 슬개골과 개의 오렌지색 털과 개의 꼬리와 개의 바닥과 개의 엎드림과 개의 앞발, 개의 두툼하던 앞발과 개의 풍성한 꼬리털과 개의 미소와 개의 짖음과 개의 추위와 개의 더위와 개의 기타 등등을 모두 의미할 수 있는 단 하나의 이름이 필요했다. 후에 커피를 마시러 주방으로 내려갔던 나는 마침 식탁에 앉아 신문을 읽고 있던 에이전트에게 내가 개를 무척 사랑했으며 개에게 이런 모든 것을 의미할 수 있는 이름을 붙여주고 싶었다고 말하고 싶었다. 싶음. 무릎. 개. 사랑. 슬개골. 안타깝게도 나는 슬개골에 해당하는 영어 단어를 알지 못했다. 나는 무해

하게 웃었다. 해. 무해. 유해. 나와 가족은 개의 유해를 받아 들
고 울었다. 나는 개가 죽었다는 말은 할 수 있었다. 간단한 영
어였다. 하지만 개가 어떻게 죽었는지까지는 말할 수 없었다.
간단한 영어로 할 수 없는 말이었다. 간단한 한국어로도 할 수
없는 말이었다. 쓰고 지우고 쓰고 지운다. 나는 통사를 잃고
있다. 내가 통사를 잃고 있다고 말하자 에이전트는 궁금하다
는 표정으로 그 이유를 묻는다. 나는 나의 나쁜 영어로는 제대
로 된 설명을 제공할 수 없다고 대답한다. 실은 통사와 구문의
차이에 대해서도 잘 알지 못한다고 덧붙인다. 문법이니 구조
니 하는 것들에 대해서도 한 번도 제대로 안 적이 없다고 말한
다. 구조. 구조. 개가 어서 먹이를 달라며 꼬리로 바닥을 치고
있다. 일어서면 내 허리까지 닿는 큰 개다. 따라서 개의 꼬리
의 힘은 예상보다 강력하다. 개가 꼬리로 바닥을 치는 소리가
들린다. 들리고 있다. 개에게도 통사가 있을까, 나는 생각한
다. 개가 꼬리로 바닥을 치는 소리에 리듬이 깃들어 있다. 나
는 개들의 모스 부호라는 개념을 떠올리고 다시 한번 무해하
게 웃는다. 꼬리. 바닥. 침. 리듬. 모스. 하지만 에이전트와 그
녀의 남편은 나의 발음 탓인지 모스가 무엇이냐고 묻는다. 신
호. 암호. 단어. 의미. 문장. 나는 언어를 낭비하고 싶다. 나는
언어를 경제적으로 운용할 생각이 조금도 없다. 나는 언어를

탕진하고 싶다. 어떤 의미를 적확한 한두 단어로 드러내고 싶지 않다. 그것은 내게 가능하지 않기 때문이다. 나는 너를 묘사하는 일에 번번이 실패했다. 너. 구체적이지 않은 대상으로서의 너. 대단히 구체적인 주어로 자리하는 너. 나는 너를 설명하는 일에 번번이 실패했다. 나는 너의 이야기를 하나의 이야기로 완성하는 일에 번번이 실패했다. 그래서. 쓰고 지우고 쓰고 지웠다. 그래서. 쓰고 지우고 쓰고 지운다. 맥주를 마시며 창밖을 내다본다. 동시에 일어나는 일들. 저녁 하늘에 수많은 색이 있다. 저 색들을 하나씩 분리하는 일. 분류하고 이름을 붙이는 일. 황혼. 어스름. 저물녘. 땅거미. 여명. Crepuscule.

　다시 처음부터 짖어야 한다. 나는 늘 처음으로 돌아가면서 낭비된 언어들의 얼룩을 지우려 했다. 빗고 다듬는 일. 배치하고 배열하는 일. 내가 본 것과 들은 것들. 하지만 내가 쓰고자 하는 것은 내게 주어진 것들을 언제나 넘어선다. 그래서 쓰고 지우고 쓰고 지운다. 에이전트가 내년에는 내가 인도에 가게 될 것이라고 말한다. 나는 작년에도 인도에 있었다. 벵갈루루 시내의 한 서점에서 애서광에 관한 에세이를 한 권 샀다. 도로변은 노후 경유차들이 내뿜는 허연 매연으로 가득했다. 나는 책을 들고 스타벅스에 갔다. 커피를 주문하는데 내 이름을 묻기에 한이라고 대답했다. HAN이라고 적힌 종이컵에는 내가 주문하지 않은 음료가 담겨 있었다. 나는 그것을 마시며 애서광에 관한 에세이를 읽기 시작했다. 나는 언제나 수집가가 아니었다. 대신 내게는 호더의 자질이 있다. 내 집에 놀러 온 사람이라면 누구나 작은 집에 비해 엄청나게 많은 다종다양한 물건들을 보고 놀라움을 표시했다. 애서광은 대개 수집가와 호더 사이에서 아슬아슬하게 줄타기를 한다. 하지만 둘 사이에 가장 큰 차이가 있다면 책을 비축하는 호더는 초판본이나 희귀본에는 별 관심이 없다는 점이다. 나의 호더로서의 자질에 대해서는 좀더 면밀한 관찰과 분석이 필요하겠지만 이는 지금 내 관심사가 아니다. 나는 인도인 저자가 단돈 5루피에 보물을 발견하는 즐거움에 대해 늘어놓는 장광설을 지루하게 읽고 있었다. 수집가는 세공하고 조탁한다. 호더는 비축하고 낭비한다. 딸기향과 생크림과 얼음이 뒤섞인 정체불명의 음료를 마저 마시고 스타벅스를 나왔다. 시장에 데려다주겠다는 택시 기사들이 따라붙었다. 신호. 대화. 흥정. 거부. 손짓. 다음 날 벵갈루루 공항에서 오전 9시 비행기를 타고 델리 공항으로 갔다. 세 시간 남짓 잠들었다 깨어보니 델리에 도착해 있었다. 짐을 찾기 전 화장실에 들렀다가 손을 씻는데 옆구리에 끼고 있던 애서광에 관한 책이 세면대로 떨어졌다. 수도꼭지에서 수돗물이 흐르고 있었다. 곧장 책을 건져냈으나 표지에서 물이 뚝뚝 떨어지고 있었다. 내가 어찌할 바를 모르고 멍하니 서 있자 청소 중이던 유니폼 차림의 직원이 내 손에서 책을 빼앗아 핸드드라이어 밑으로 가져갔다. 순간. 소음. 물기. 건조. 인사. 그가 꼼꼼히 책을 말리는 동안 나는 어찌할 바를 몰라 무해한 짐승처럼 가만 서 있기만 했다. 그가 책을 돌려주었을 때 나는 여러 번 허리를 굽혀 인사했다. 그는 아무 말도 하지 않았다. 책을 다시 옆구리에 끼고 화장실에서 나와 수화물 벨트 쪽으로 걸었다. 3. 12:47. IG4270. 인파. 혼잡. 사람들. 팔과 허리 사이에 아슬아슬하게 걸쳐져 있는 책. 아슬아슬. 팔. 허리. 사이. 걸침. 색. 온갖 색. 책. 그 책의 제목이 무엇이냐고 에이전트가 묻는다. 신음. 선반. 신음하는 선반. 신음하기. 선반. 내가 대답한다. 그때 나는 인도가 처음이었습니다. 거기서 만난 대부분의 사람들은 이중 언어 구사자들이었습니다. 나는 쉽게 말문이 막혔지만 거기서부터 통사를 잃기 시작한 건 아니었습니다. 말. 신음. 책. 통사. 언어. 쓰고 지우고 쓰고 지운다. 여전히 낯선 말들이 들려온다. 내가 처음으로 내가 통사를 잃고 있다고 생각했던 때가 언제였는지는 기억에 없다. 문득. 불현듯. 어쩌다. 갑자기. 순간. 나는 내일 노리치라는 도시로 간다. 런던에서 동쪽으로 기차로 두 시간 정도 떨어진 도시다. 그곳에서 나는 두 달을 체류할 예정이다. 노리치에서 무엇을 하며 보낼 계획이냐는 에이전트의 질문에 나는 쓰다 지우는 소설을 완성하겠다고 말한다. 다짐에 가까운 말이다. 실은 쓰고 있는 소설을 완성하겠다고 말한다. 쓰다 지우는 소설이라고 말하면 미처 지울 사이도 없이 쓰다 지우고 쓰다 지우는 일을 낯선 언어로 설명해야 하기 때문이다. 에이전트는 제목이 무엇이냐고, 어떤 내용과 형식이 될 것이냐고 묻는다. 나는 "자살자의 칼"이라는 제목이며…… 한동안 말을 멈춘다. 그리고 다시 대답을 이어간다. 애도의 한 형식으로서의 반복이 내용이며 형식이 될 것이라고 대답한다. 자살자. 칼. 애도. 반복. 형식. 그리고 다시 바닥에 엎드린 하얀 개를 내려다보며 대답을 이어간다. 내가 사랑했던 개들이 나를 사랑했는지에 관해 묻는 소설이 될 것이라고 대답한다. 내가 사랑했던 개들이 죽은 이후에 나는 그 개들에 대한 사랑을 어떻게 종료시켜야 할지 묻는 것을 쓰고 지우고 쓰고 지우고…… 대단히 구체적이며 그 자체로 있는 것인 나라는 주어가 대단히 추상적이며 이름들이 충분하지 않기에 많은 부분들이 묘사되지 않고 설명되지 않는 너라는 주어를 말하기 위해 언어를 낭비하고 탕진하는 과정…… 틀린…… 언제나…… 이름…… 이름들…… 그러는 와중에 나는 통사를 잃고 있으며…… 통사는 통증을 연상시키는데…… 통사. 통증. 마침표. 하얀 개가 꼬리로 바닥을 치고 있다. 저녁 먹으러 갈 시간입니다. 에이전트의 남편이 말한다. 저녁. 저녁. 쓰고 지우고 쓰고 지운다. 나는 무릎에 놓여 있던 머플러를 펼치며 dog, lap, a, oh라는 단어들과 나의 죽은 개를 생각한다. 사실. 나의 개가 죽은 것은 사실이다. 하지만 내가 개를 사랑했던 것은 사실일까. 사실. 나는 개가 나를 사랑한다고 때로 착각했다. 사실. 구조. 나는 통사를 잃고 있다. 착각일 것이다. 처음부터 다시 짖어야 한다. 개가 기세 좋게 기지개를 펴고 제가 먼저 출입문 쪽으로 달려간다. 저녁 식사를 하러 가는 길은 이미 어둡다. 희고 큰 개가 어디론가 어둠 속으로 빠르게 달려간다. 어둠에 잠겼던 흼이 이내 돌아온다. Cooper, where have you been? 에이전트의 남편이 개에게 묻는다. 개는 대답 없이 꼬리를 흔들며 앞장선다. 나는 이미 저 개를 사랑한다. 나는 통사를 잃고 있다. 착각일지도 모른다. 아직은.

노리치로 가는 기차는 런던 리버풀 스트리트역에서 출발한다. 간단히 끼니를 때우려고 역내 매점에서 도시락을 하나 사서 역사 밖으로 나와 벤치에 앉는다. 저물녘. 땅거미. 어스름. 비둘기. 황혼. 시계탑 바늘이 오후 9시 27분을 가리키고 있다. 기차는 30분 뒤에 떠난다. 도시락 포장을 벗기려는데 한 무리의 사람들이 비틀거리며 다가와 벤치 옆자리를 차지한다. 바닥에 주저앉는 사람도 있다. 대부분 이십대로 보이는 이들은 하나같이 취한 얼굴이다. 일회용기에 포장된 간장을 꺼내고 나무젓가락을 반으로 가르는 내 앞으로 술병 하나가 들이밀어진다. 수동태. 가끔 나는 모든 동사를 피동형으로 쓰고 싶다. 내가 움찔하며 고개를 돌리자 술병을 들이민 사람이 멍하니 웃는다. 마시겠습니까? 마시세요. 나는 고개를 흔들며 도시락을 먹어야 한다고 말한다. 그는 다시 멍하니 웃으며 자기들 무리의 대화로 돌아간다. 나는 주로 연어로 만들어진 초밥 여덟 개를 먹고 물을 마신다. 포장 용기를 정리해 비닐에 집어넣는데 다시 내 앞으로 술병이 들이밀어진다. 내가 옆 사람을 다시 돌아보자 그는 술에 취한 사람 특유의 무방비한 웃음을 지으며 다시 한번 말한다. 마시세요. 내가 산 술입니다. 오늘 슈퍼마켓에서 내가 샀습니다. 그는 유해한 것은 들어 있지 않다는 사실,을 증명해 보이기라도 하듯 먼저 스스로 몇 모금을 들이마신다. 사실. 들이밀고, 들이마시고. 나는 고개를 끄덕이며 그의 손에서 술병을 건네받아 몇 모금을 들이켠다. 로제 와인이다. 들이켜고. 취한 사람들 무리가 일제히 박수를 친다. 옆 사람이 내게 이름을 묻기에 한이라고 대답한다. 무슨 일을 하느냐고 묻기에 소설가라고 대답한다. 그는 내 책을 자신의 페이스북에서 광고해주겠다고 하지만 이는 아마 사실이 아닐 것이다. 무리 중 한 사람이 내게 어디서 왔느냐고 묻는다. 나는 노리치에서 왔다고 거짓말을 한다. 나는 노리치에 갈 예정이다. 세 시간 뒤면 나는 노리치에 있을 것이다. 한데 질문했던 사람이 도저히 모르겠다는 표정으로 고개를 갸우뚱하며 노리치가 어디에 있느냐고 묻는다. 나는 머뭇거리다 대답한다. 글쎄…… 동쪽? 내 서툰 영어로 내가 외국인이라는 걸 알아차린 누군가가 진짜로 어디에서 왔느냐고 묻는다. 나는 남한에서 왔다고 대답한다. 그러자 또 다른 누군가가 남한이 어디에 있느냐고 묻는다. 나는 대답한다. 글쎄…… 동쪽? 아까부터 몸을 가누지 못할 정도로 취해 있던 또 한 사람이 남한이 어째서 동쪽에 있느냐고 투덜거린다. 나는 마지막 한 모금을 더 마시고 자리에서 일어나 그들에게 작별을 고한다. 가방을 끌고 플랫폼으로 걸어가면서 나는 방금 있었던 일을 소설로 쓸 수 있을까 생각한다. 그러면서 하나의 일화가 소설로 재구성되려면 어떠한…… 7번 플랫폼이다. 하나의 일화가 소설로 구성되려면 어떠한…… 쓰고 지우고 쓰고 지운다. 쓰고 지우고 쓰고 지우고 남은 자리에 허약한 뼈대가 만들어진다. 그것을 뼈대라고 부를 수 없을지도 모른다. 아니다. 뼈대가 아니다. 비축하고 낭비하고 쓰고 지우고 쓰고 지운 자리에 언어의 무용한 흔적들이 남아 있다. 저것을 붙들어야 할 텐데, 아직 이것이 아닌 저것을. 나는 생각하고, 쓰고 지우고, 다시 생각하고, 다시 짖으면서 내가 통사를 잃고 있다고, 어쩌면 지금은 더 잃어야 한다고, 최선을 다해 잃어야 할…… 잃어야…… 그 후에는 단어를 잃어야 한다. 모두 잃은 자리에 무엇이 남겨지는지 쓰고 지우고 쓰고 지운다. 쓰고 지우고 쓰고 지운다. 해가 완전히 저물었다. 플랫폼. 승강장. 어둠. 어두움. 기차. B16. Quiet COACH. 출입문은 열려 있고, 철로의 먼 끝은 어둠에 잠겨 보이지 않고, 내가 잃어버린 것들은 돌아오지 않는다. 나는 조용한 객차 안으로 들어가 자리를 찾고, 가방을 고정하고, 좌석에 앉아 눈을 감는다. 아무 말도 들리지 않고, 아무 생각도 하지 않고, 아무도 술병을 들이밀지 않고, 아무도 동쪽이라 대답하지 않는다. 기차가 천천히 플랫폼을 벗어나고, 나는 통사를 잃고 있고, 그것이 아쉽지는 않다. 통사를 잃어버린 자리를 이름으로 채울 수 있다면. 나는 잃어버린 것들이 남긴 자리를 비축하고, 낭비하고, 쓰고 지우고 쓰고 지운다. 그러다 가방을 열어 자살자의 칼이라 적힌 원고 뭉치를 꺼낸다. 이 소설은 완성될 것이나 나는 실패할 것이다. 한 대상에 대한 애도가 끝나기 전에 다른 대상을 애도해야 하기 때문이다. 그래서 쓰고 지우고 쓰고 지워야 할 것이다. 다시, 처음부터 다시. 처음부터 다시 짖어야 한다. 처음부터 다시 짖어야 한다.

처음부터 다시 짖어야 한다.

수록 작품 발표 지면

「그해 여름 우리는」(『현대문학』 2015년 9월호)

「일곱 명의 동명이인들과 각자의 순간들」(『현대문학』 2014년 6월호)

「식물의 이름」(『문학과사회』 2016년 봄호)

「왼쪽의 오른쪽, 오른쪽의 왼쪽」(『한국문학』 2018년 상반기호)

「은밀히 다가서다, 몰래 추적하다」(『Axt』 2015년 11/12월호)

「한탄」(『한국문학』 2014년 봄호)

「낯선 장소에 세 사람이」(『문학과사회』 2018년 가을호)

「처음부터 다시 짖어야 한다」(『쓿』 2018년 상권, 발표 시 제목「개의 구조」)